飄浮書房

鍾怡雯

留給下一本（自序）

鍾怡雯

這是我的第五本散文，跟前四本散文集明顯不同的是，這回收錄的全是千把字的短篇，最長的不超過兩千字，其中包含四個專欄，以及發表在報紙和各種雜誌的短文。我一直（或自以為）擅長寫長稿，不過，打從答應寫第一個《時報週刊》的短命專欄開始，我即想完成一本迥異於以往的書寫形式。《時報週刊》的五篇短稿都寫怡保，我的出生之地，也是個人最喜歡的幾篇。五篇完成後，專欄無疾而終，我鬆了一口氣，一來實在受不了每星期寫稿的壓力，二來覺得以零碎小文去處理這個美麗優雅的英殖民地老城，可惜了，這好題材需要更大更完整的篇幅。

第二個專欄是聯副的「潦潦幾筆」，隔週的專欄寫了一年，共有四組題材，關於（生不生）小孩，我的學生，我的老師，以及住了六年的山城故事。四組故事中只有山城故事算是接近完整的，其他的，尤其是關於小孩的話題，其實還有更多要說的，卻不知道該怎麼說，說出來了的，又嫌太迂迴，左躲右閃避掉核心問題。這事碰觸到的是自己的寫作困境，散文書寫和個性的牴觸。我原來是個善於躲藏的人，這題材實在太隱私。奇怪的是，許多人告訴我，他們喜歡這些我自以為處理得不好的系列。

寫馬來西亞老師那幾篇，令我重新凝視自己的成長。它們和怡保系列最大的意義是：發現「故鄉」對個人潛在的影響力。成長環境和教育，把我教養成「混血」的人，無論在精神或文化，乃至食物口味。我再而三的在散文中坦稱自己是「南蠻」。我喜歡混血的東西，血統不純是我最大的資產和驕傲。臺灣社會的問題是，一切要求「純正」。這個「純正」的意識形態逐漸成為劍拔弩張的勢力，領受過「混血」文化的精采和好處，身為「外勞」的我，感慨尤深。

中壢系列則大半刊於《印刻》文學生活誌，部分發表在《香港文學》。《印刻》的專欄叫「中壢之味」，是我熟悉的居住之地，住了七年。我相信，還會有下一個，乃至下下一個七年。《香港文學》的專欄目前還在進行中，原來的名稱叫「都市空間」。我把記憶中浪跡過的城市鴻爪寫下，這些「過境」記錄，千把字正好，那些連千把字都沒辦法留下的，都是些與我無緣之地。校稿時重看，發現還是最喜歡曼谷和胡志明市，我南蠻得徹底。

重新面對自己文字，面對自己，校稿時我又陷入熟悉的窘境，這是「出書症候群」之一種。可是這回經驗比較特別，校稿速度意外快。短文的好處吧，變化大，所以不煩。重讀最後一輯「不可兒戲」時，我忍不住又掉入那個屬於自己的、老掉牙的問題，到底，我在逃避甚麼呢？

答案，應該留給下一本書。

二〇〇四年十二月於中壢

卷二・小城故事

卷三・飄浮書房

卷四・都是朽木

卷五・不可兒戲

卷一・濕婆之鄉

我喜歡這座老城市。
殖民地底子厚，修養深，
沒有老態龍鍾的遲暮，
怡保老出閒雲野鶴的優雅，
透出晚霞般的瑰麗色澤，
九重葛在路邊溝旁或庭院裡
燒出英殖民地時代的煙霞。

不老城

「你是哪裡人？」「怡保。」

每次報出這個出生地，都有微微的優越感。怡保，好山好水，奇岩秀壁處處，號稱「小桂林」，出產美食和美女。馬來西亞人打從心裡喜歡怡保。好水搓出好麵食，那裡是美食天堂。好水也滋長美女，楊紫瓊是怡保人。那裡的土質出產天下第一的柚子，個大汁多，結實飽滿的紅肉滲出蜜香。雞蛋裡挑骨頭的人，也只挑出「怡保很熱」這幾近廢話的缺點。藍天白雲下，火車站、大醫院以及聖．麥可高中這些英殖民地時代留下的老建築，透出淡淡的優越。一條舊舊的休羅街提醒人們它的殖民地血緣。

我喜歡這座老城市。殖民地底子厚，修養深，沒有老態龍鍾的遲暮，怡保老出閒雲野鶴的優雅，透出晚霞般的瑰麗色澤，九重葛在路邊溝旁或庭院裡燒出英殖民地時代的煙霞。

怡保華人多，是座廣東城。香港流行甚麼這裡也跟風，西馬南部是臺灣流行文化的天下，怡保小孩卻從小聽香港的流行歌曲長大。港星港劇廣東歌，街場巷弄都是高分貝的廣東話。廣東話有九個聲調適合罵人吵架，有效地為這個老城注入沸揚的生命力。一個不被時間分解的城市，二十年前如此，現在依然。新住宅區當然年年增加，是平房或排屋，不覺刺眼，隔一陣乍見新房又起，只有輕輕一聲「咦」。

從六歲搬離怡保，我變成過客，每年回去看它一兩次，一晃二十八年，怡保親戚中的小輩轉眼長大，長輩或老或死，只有怡保沒變。賣「煎堆」冷飲的印度男人十幾年都還杵在橋頭大樹下，只是額頭髮線更高頭髮變白，還有肚子開始吹氣球似的脹圓了。

老城市有太多不老的理由。它有幾個黃昏市集，只賣食物。食物是城市的活水源。二、三十攤大排檔一起出列，看得人眼花。我的胃口平時大得令為夫尷尬，到了那裡，倒希望胃口還再大一倍才對得起那些酸辣炒炸。黃昏市集約從七點鐘開始人聲鼎沸，年輕女孩著吊帶背心短褲夾腳涼鞋去喝糖水、冰椰汁或是甘蔗汁。賣彩票的印度人，賣晚報的華人穿梭食客中。

怡保人愛吃也愛賭。母親說幸好搬離怡保，否則早晚父親也爛賭，每週跑馬外加兩次開彩，還有「多多」博彩，即便山堆的家財也會敗光。不過父母親打從心裡喜歡怡保，每個女兒的名字都有「怡」，連在南部出生的小妹也是。不知是否「怡」字作祟，我嫁了怡保人，五妹和妹夫後來都定居怡保，父母親理所當然不時要到怡保「食嘢」。五妹夫是洋華人只懂英文馬來文，小外甥從牙牙學語就講英語，住這老殖民地城市正好。

我最喜歡怡保的下午。慵懶的悶熱午後，花白的陽光蜷縮在老建築上，街市寂寂，時間在怡保的巷道空轉，城市抽離了現實感，只有失去重量的歷史躲進陽光照不進的巷弄。

來去匆匆的旅客只知道西馬北邊有個招搖的檳城，以及膚淺的小島蘭卡威，沒有時間好好品味滋味悠長的怡保。

也幸好如此。

濕婆神之鄉

怡保很有異國風情。

老怡保人未必同意這種說法，尤其華人。當然，怡保的名產雞仔餅、香餅、貢糖和萬里望花生都是道地的華人食品。慕名而來的外地人都想「嘆」（即享用）一盅「富山」茶樓的早茶和點心。沒有去過怡保的人必然聽過鼎鼎大名的「芽菜雞」。旅遊景點吧，那就是三寶洞了。且不說那奇詭的地理和大大小小的岩洞，光被山壁圍繞的那個烏龜池就是鬼斧神工，那是諸神的藝術品。立在井底，天光兜頭灑下，壁上的蕨類閃著微光，是有那麼一點被神籠罩的依稀彷彿。熟門路的人知道該在哪一天去吃好吃得不得了的齋菜，那比甚麼大魚大肉都美味精緻。

這些算甚麼異國風情？分明都很華人哩！

我也以為這樣。直到有一回出去吃晚飯，沿街都是豔異的紗麗，絕少塞車的怡保竟然被這些傾巢而出的印度同胞堵住。原來怡保的印度人竟那麼多，紗麗的熱情燃燒整條向晚的街。車子在牛步，盛妝的印度小姐結伴而行，晚風中的紗麗舞得人目眩神迷。遠處，印度廟傳來不絕的節慶音樂。那一刻，怡保變成了陌生的異域。恍然大悟的我霎時明白，為何怡保簡直到了五步一小印度廟的地步。

印度廟的屋瓦住滿神祇，半人半獸，千手千眼，全漆上搶眼的顏色。華人稱之為印度色的包括豔紫、豔粉紅、鴨屎青、寶藍、橘紅，他們的紗麗和神廟，甚至車子都是一片喧囂的華彩。印度人特別喜歡紫紅九重葛，飲用血一樣的玫瑰露。濕婆神、象頭神、Sarasvati、戴維女神和杜爾加女神在屋瓦上注視著跟祂們一樣華麗的子民。華麗，但貧窮。

怡保殖民地建築多，連店街、華人會館都可能是上百年的英式老建築，燕子最愛在梁上築巢。然而建築裡面的現實生活沖淡了它的殖民色彩，人們到店裡去買炒粉、囉雜（rojak，可以稱之為馬來沙拉）、roti cenai（甩餅），或者到會館打麻將領獎學金，不會想到建築悠久的歷史。頂多被燕子的糞便擊中，抬頭並準備詛咒牠們時，發現老舊的梁上都塞滿了燕巢，牆角也散落著羽毛和紙片，為這些老建築平添幾許滄桑。色彩瑰麗的印度廟反倒充滿活力。

出生在怡保彷彿暗示著我和印度人有著某種神祕的聯繫。怡保美食那麼多，芽菜雞和富山早茶我沒興趣，卻獨愛印度炒麵。炒麵有芽菜、蛤蜊和半個水煮蛋，淋上咖哩，擠點酸柑汁，又酸又辣吃得一身汗。不吃炒麵便吃甩餅，沾咖哩，一樣辣出汗來。怡保火車站有個印度人賣一種好看又好吃的零食，十幾種東西裝成一袋，各式豆子、木薯、香蕉片、麵粉條全炸得金黃酥脆，撒上辣椒粉，脆、辣、鹹，邊看報紙邊丟到嘴裡，不知不覺就把一大袋嚼完。吃完口渴，立刻想到橋頭印度人的「煎堆」（cendol），冰涼沁心且解渴，這時候得暫時忘記中醫禁喝冷飲的警告。搬到南部後，住在一個印度人口特多的油棕園，神像繞境（murti）時，我們用椰子、香蕉、鮮花和清水拜拜，學印度人在額頭上點灰痣。

或許因此我才成了濕婆神的子民，永遠偏愛祂所賜的食物，以及那神祕炎熱的濕婆神之鄉。

糖水涼茶舖

在怡保常喝糖水，糖水，即甜品，隨手可以列出一串名單：紅豆沙、摩摩喳喳、六味、涼粉、羅漢果、煎堆，還有一種廣東話叫「文頭浪」的涼補，淡黃色而口感滑溜，像愛玉。除了紅豆沙，其餘都是冰品。冰糖水是熱山城的滅火救星。一碗冰鎮的摩摩喳喳飽肚涼肺，不吃正餐也餓不了。雖然熱的摩摩喳喳更能襯出椰漿的濃郁香純，番薯和芋頭因此愈顯鬆軟，大熱天吃得渾身汗水，畢竟不夠暢快。

中醫勸女人勿食冰品，在怡保簡直不可能，到處都是冰糖水和涼茶的誘惑，從來沒有全身而退過。臺灣酷暑如此煎熬，我以恪守戒律自豪，一到怡保，立刻破功。

怡保女人愛喝糖水，尤愛冰糖水。姨媽姑姊們從年輕喝到老，夫家八十歲的外婆當年捧著紅豆雪大口吃的樣子猶如昨日。我婆婆跟她的三個兒子一樣，飯後要來點冰甘蔗汁椰水才算完滿。這根本不符養生之道，她卻一輩子用這樣的方式過生活，完全看不出已六十出頭，成天開車忙進忙出，無論體態或健康狀態都在巔峰。她說女人一定得喝糖水，糖水「潤」。潤甚麼？潤膚潤肺啊。

於是在怡保早也糖水晚也糖水。我節制掙扎的喝，小心翼翼的喝，把冰塊挑出來，或者只喝小半杯小半碗，仍然至少一天喝上兩回。二舅是家族裡唯一喝熱紅豆沙的人。他住西馬最北接泰國的玻璃市，每次回怡保，消夜時必定提個大鋼杯，說，走吧！買紅豆沙去。那是他的鄉愁，滾燙的紅豆沙本來就滑濡甜潤，加了斑蘭葉（pandan）尤其挑逗味蕾，杯蓋哪關得住香味？我心甘情願吃得汗濕。

二舅老說怡保的水好所以紅豆沙特別好吃，只有我猛點頭。見大家沒答腔，他一定要重複那則傳聞。當年可口可樂公司在世界各地設廠，測試水質的結果，聽說怡保最優，做出的可樂無可匹敵。我們都懷疑二舅在玻璃市沒認真幫糖王郭鶴年做事，倒當了可口可樂的臥底。雪水涼呀涼的喝得大家通體舒坦，獨有二舅一額頭汗還直呼過癮。

其實我比較喜歡涼茶，尤愛張伯倫街那家涼茶舖。五六個鐵銀色的涼茶桶一字排開，沒有座位，站著把涼茶喝完。逛完街晚上十點去還有客人，轉過巷弄的晚風吹走了暑氣，涼風裡大家骨碌碌解身體的熱和渴。最常喝的是「茶精」，那是涼茶舖的極品，烏黑的青草茶從大桶舀出來，加一小匙甘草粉和梅粉攪勻，苦中帶甘，回味無窮。菊花茶也醇，我猜那是黃菊花所熬，比白菊芬芳且滋味長。街燈下，玻璃杯裡的金黃液體瑩亮。

小孩應該喜歡烏蔗汁。雖然顏色不討好，但是十分清甜，涼透五臟六腑，每天喝一杯，再熱的天氣也不怕。烏蔗比甘蔗清熱解毒，把烏蔗切段，再剖成食指大小的四分，加上中藥店抓的大把茅根煮上兩小時，那是母親的清熱茶方。青春期我幾乎不冒痘，或許跟喝烏蔗有關，婆婆說的有道理，糖水潤膚潤肺。

怡保那麼熱，怡保人那麼愛吃酸辣，如果既沒糖水也沒涼茶，日子可難過了。

飽死

在怡保從來沒餓過。永遠處於飽足狀態的胃，讓我覺得怡保實在「飽死」。廣東話說「飽死」有那麼一種諷刺別人自以為了不得的不屑。人家都「餓死」，「飽死」當然光采。怡保予人豐足的感覺，可能因為小吃中心太多，食物美味多樣，令人天天發愁要吃甚麼。食「嘢」是怡保人的生活重心，精神支柱，怡保人想盡辦法「飽死」。

那麼，怡保人吃甚麼？

最特別的是早餐。在怡保住那麼久，還未試過讓剛甦醒的胃吃冷麵包或硬餅乾。總是熱食，童年時最常吃一種叫「老鼠粉」的米食，瑩白滑溜，可湯可乾，外加兩顆爽口的魚丸。「老鼠粉」跟老鼠一點關係都沒有，長得似臺灣的米苔目，只能用湯匙舀食。打從有記憶起，爺爺上街喝完早茶，必然給我和奶奶打包熱騰騰的乾粉，就掛在那輛破鐵馬的把手，一路晃回來。南部不賣老鼠粉，於是它成了鄉愁的象徵。老鼠粉用醬油和豬油拌一拌，連蔥花都沒有，憑的是本色本味，好水方有本事造就這種單純的好口感。

非常怡保的另一代表是豬腸粉。豬腸粉跟豬腸也沒有掛鉤，它是寸把寬的粄條，剛出籠時冒著白煙的米香，那吹彈欲破的粉皮擺到碟子時巍顫顫的模樣，簡直性感。最單純的吃法是澆點紅蔥酥，勾上紅色醬汁，白裡透紅好吃又好看。我愛吃帶餡的，裡面裹著蝦米、紅蔥頭和蕪菁，只沾醬油。

這兩種早餐都平常，奢侈點的吃肉骨茶，我爺爺特愛。藥香肉香，配上白飯吃起來，又飽又暖，吃完要耕田似的。那是農夫的豪華版早飯，爺爺過世之後我再沒吃過。

黃昏夜市首推怡保花園。胃口在那裡會迷失方向，心猿意馬每樣都想吃，在每一個攤子前猶豫許久。咖哩麵是重口味，魷魚蕹菜清爽脆口，烤魔鬼魚香辣鹹酥，連骨頭都可以吞下去。要不，來碗酸而辣的叻沙（laksa）？滑蛋河粉？還是炒麵？最後一定吃得飽死，因為拿不定主意於是全點，大夥分著吃也嫌分量過多。結尾少不了來盤紅豆雪。軟甜細雪滑喉而下，終於給晚餐畫上完美句點。

早餐和晚餐都講究，午餐呢？上學的在學校解決，上班的就在公司，怡保人的午餐面目模糊。不過即使是打發肚子，午餐還是可以很有風格。反正怡保的麵食好吃，大排檔吃個簡單的湯麵，或者炒粿條，加幾件釀豆腐釀豆皮，或者釀辣椒，配上醃青辣椒，再怎麼普通的麵食都很滿足。

怎麼怡保人不吃飯嗎？

怡保的好館子不少，只是我偏食，對配飯的中國菜沒甚麼興趣。那鼎鼎有名的芽菜雞至今沒去吃。我是南蠻，只愛南洋式的酸辣。搬離怡保後，在南部吃的多是馬來餐印度餐，熱心鄰居送來的料理徹底改造了我的胃。母親後來也做那種中馬印三種混合的菜，連糕餅也是。混血的胃讓剛來臺灣讀書的我十分不適應，很長一段時間處在「餓死」狀態，更加懷念「飽死」的日子。

狗日子

用三個字形容怡保。

「狗日子」。

對了。除了dog-days，還有甚麼更恰當的字呢？住慣南部的人覺得這山城特熱，是三伏天的熱法。dog-days，這個英文字形象感強，想像熱極時，狗趴在地上像軟氈，大力呼吸吐舌頭，連吠人的力氣都沒有。過了中午，人聲車聲模模糊糊，意識都曬薄了。住山城的詩人聽說一天沖涼六次，因而創作量銳減。冷水澆頭，靈感火焰即使不被澆熄，也要被沖走。

怡保卻不只是熱。狗日子還有那麼一種無所事事的閒散。熱天令人慵懶，然而馬來西亞哪裡不熱？吉隆坡和新山滿街仍是匆匆辦事的人。臺北的夏天熱且黏，還是沸沸揚揚，偏偏怡保可以文火慢熬。我這急性子的半個怡保人，一到這裡便跟著慢節奏轉悠，鬥志全無。

曾在怡保住了一個半月，甚麼事也沒完成。別說打算寫的稿，帶回去的書很羞愧的連一本也沒讀。我過的日子跟狗一樣。狗日子裡只有滿腦子瞎想，雜蕪的念頭迸出來，轉眼又消失，像天上的浮雲聚散了無痕。狗日子很感官，大量的睡眠、食物以及玩樂。狗日子很頹廢，可是很享樂。人生該偶爾如此。

我容易失眠。在怡保卻碰到枕頭就入眠，外加奢侈的午睡。有一次竟從半夜十二點賴到隔日十二點半，後面只隔十尺的地方在施工，夫家上下連同兩位同行的朋友七點多鐘就被吵起，唯有恆處睡眠不足的我創下奇蹟。起床後從容梳妝打扮，赴遲到的餐會。餓了一晚胃口奇佳，早午餐一起吃可真是難得的美妙經驗。吃完逛街買本八卦雜誌，怡保書店少，也沒甚麼文學書，倒是有幾個頗有規模的購物中心，可以買到設計感很強且十分馬來風格的衣服。這是個不太需要費腦袋生活的城市，讀八卦雜誌和報紙殺時間最好。

怡保人可能愛吃，所以得常運動。羽球場要提早訂位，我總是午覺睡醒去廝殺，尚未入場便聽到一片殺球和吆喝的喧譁。羽球是馬來西亞的國運，我們打拿筆開始就會拿球拍。我去，必先買瓶運動飲料 hundred plus 隨時補充大量流失的水分。這牌子微酸微甜十分補水解渴，比舒跑單一乏味的口感豐富好喝，奇怪不對臺灣人口味，進口沒多久就悄悄撤退。

睡覺和玩樂之外，就是被親戚們請吃飯。夫家的姨媽姑姊太多，總有吃不完的飯。他們愛吃且善烹飪，幾個姨婆和婆婆在一樓的廚房弄得油煙彌漫，對做大菜一竅不通的我在二樓邊慚愧邊吹冷氣，等著好東西上桌。

這真是十分徹底的狗日子。我果真像隻狗一樣用感官生活，像狗一樣喜歡熱天躲在大樹底下。怡保大樹真多，是很老有著浮突盤根可以當椅子坐的那種，在馬路邊林立。大樹多的地方適合納涼。大汗淋漓時往樹蔭一站，吸一口冰椰汁或甘蔗汁，一陣微風拂面，忍不住一屁股就坐下。這一坐，不知不覺就夕陽穿樹。附近的印度人陸續放工，吹來的熱風裡，混合了柏油路和印度女人們身上的香油味，多麼黏膩膠著的赤道氣息。然後，不知是哪家收音機或電視的捲舌歌開始熱鬧的唱。咖哩的香氣飄出來，晚飯時間近了，橋頭大樹下那個賣煎堆的印度人，此時準備收攤回家。
我考慮在怡保養老。

抵餓二十天

沒有一次旅行這麼廢。吃和睡是所有內容，在澳門四天，眼睛搜尋著食物，胃則沒一刻休息，夢裡也在咀嚼。

並非饕餮，也不講究吃，這趟怪異的旅程也許錯在一開始的設計和期許。原來只想暫時逃離臺灣寒冬，每年又濕又冷的一二月常讓我產生活不下去的幻覺，出國是最好的禦寒藉口。況且，放假了還循著日常生活軌跡過日子，還能叫寒假嗎？當然得找個「外國」找點放假的感覺不可，於是硬擠出幾天找個近距離的外國蹓躂。小小的澳門看來很有異國風采，旅遊雜誌那幾張官也街的照片跟南歐幾可亂真，無魚蝦也好，去不成歐洲去個「像」歐洲的地方也不錯。這小島和麻六甲一樣，都曾被葡萄牙殖民，說不定可以找到似曾相識的甚麼。坐船過香港轉兩圈也不賴。即便不玩吧，吃幾天燉奶和蛋塔多幸福啊，我打從期末考起就對這兩款甜食日思夜想，澳門於是成了不二選擇。

不二選擇卻沒有選對。那麼巧就碰到寒流，倉卒離開臺灣十年以來最冷的寒冬，飛抵澳門那刻，機長播報地面溫度是攝氏八度。八度？不會吧？會不會是十八度？走出機場，一陣冷風吹面，兩邊太陽穴一陣痙攣。這真不是好的開始。

彷彿為了驅趕寒冷，或者欺騙自己並不冷，整個颳風下雨的下午都在外面行走，握著地圖穿越大街小巷，平均每個小時吃一碗熱甜食。寒冷讓理智和感官都失去作用，寒冷增添食物的美味，也讓熱食散發巨大的誘惑。我需要熱量禦寒。潛意識裡這麼安慰自己。吃吃吃，我捏緊地圖，眼睛捕捉餐館的蹤影，漸漸忘記淒風苦雨，忘記旅行的目的，當然也忘了體重。邊逛邊吃，小小的澳門本島走了五六個小時，夜色逐漸昏沉，頭腦也昏沉，胃沉甸甸掛在身上。走進帆船餐廳，偏黃的燈光和熱絡的氣氛溫暖了身體，我啜著茶水，頭腦開始清醒，意識到飽足的胃其實不需要食物。可是，菜單來了，侍者在旁恭候點餐。我點了沙拉，錯愕的侍者收去菜單時怪異的眼光還停留在我臉上。

隔天我便病了。病人需要體力，而文華酒店的早餐豐盛可比自助式晚餐，吃下有記憶以來分量最充足的早點，撐著病體硬是逛了兩個小時，下午便在睡夢中消化食物。醒來時接近晚餐時間，病得不輕，地心引力彷彿變小，走起路來如漫步月球，但絲毫不影響食慾。文華酒店的義大利餐廳就在樓下，據旅遊雜誌的介紹，這是家菜色不錯且價格高貴的館子。我只記得那份好吃得令人忘記主菜的甜點 tiramisu，還有，八百澳幣三道菜的高價位。從餐館出來，我得出以下結論：離開澳門前再去吃雙份 tiramisu；其二，千萬別太相信旅遊雜誌。

到官也街去的那日，老天特別賞臉，賜我大太陽好天氣。不冷，食慾也不那麼凶猛。跟老百姓一起等車擠小巴，溫暖的陽光下，小而密的廟，靜謐的街道，低矮的暖色建築，掃去連日霪雨的低迷心情，沒吃到鼎鼎大名的大利來豬扒包竟沒絲毫遺憾。拎著安德魯蛋塔就著海風吃下，天藍得令人想就此臥下大睡。我以為這趟吃睡之旅將在蛋塔的幸福滋味中畫上句點。然而未完。一小時後，蛋塔還在肚裡翻攪之時，我在木偶餐廳裡，面對大螃蟹和大蝦的張牙舞爪，第一次感受到食物的巨大壓力。我想逃。

朋友問我澳門好不好玩？答曰：好吃。好吃到不想再碰任何食物，二十天不必進食。哪一樣最好吃？我想了想，坐船過香港，中午在茶樓吃的那碗皮蛋瘦肉粥，跟澳門一點關係都沒有。

長衫流動

戀人之間神祕的吸引力稱為費洛蒙，旅人與城市之間的關係也是。我只能如此解釋胡志明市的魅力，一個風情城市，一次奇特的旅行經驗。有些城市十分現代、整齊、清潔、交通秩序井然，高樓聳立，文明而現代，卻像徒具外殼，沒有靈魂。市容再獨特再具世界級的指標意義，也僅止於風景的層次，徒具形而下的景觀，無法觸動我。胡志明市卻不。她陰柔、妖媚、耽溺，散發出全然的陰性氣質。鬱熱慵懶的城，混亂多塵，回顧起來那滋味卻似酥軟的糖，甜膩黏牙，纏綿得很。

帶著甜味的城市，所以西貢這舊名比胡志明市更合適。胡志明太陽剛、太現代，缺乏悠遠的想像力。西貢多好，令人想起莒哈絲筆下情慾流動的情人、冶豔的西貢小姐、薄紗飄揚的長衫，長衫底下纖細的腰身。

女人之城，陰性之都。每回說起越南，腦海裡總是浮現女人，穿著半透明的長衫踩著腳踏車，藕色、奶白、嫩黃、粉紅的流彩淌在法國殖民地風情的大街上。合身的剪裁把姣好的女身從頸子裹到腳，布料透薄，沒多餘的花朵圖案，幾乎像是第二層皮膚貼著，素色愈加襯托出單薄的身形，那麼密實，卻很性感。長衫看形簡單，其實很挑人穿。哪怕身上有一丁點贅肉，都會破壞飄逸的美感。這種設計大概只有瘦削的越南女子才能穿得好看。她們大抵不高，卻十分修長、細緻，骨架很小。那幾日我天天在城裡閒逛，納悶這城的女人怎麼不長肉？一眼望去都是細長的人形，連中年婦女也偏瘦，在這裡開減肥中心肯定賠錢。

是食物。越南菜大多酸且辣，口味清淡。一碗牛肉河粉，拌入大量香菜，爽口的河粉，牛肉湯清甜不帶油，擠入半顆金桔，撒上幾匙辣椒，吃得唏哩呼嚕，頭皮冒汗，嘴裡噴火。熱量才吃進去便隨著汗水流出來了。越南料理的香菜特別好吃，我問朋友菜名，他只說得出越語，中文？他搖搖頭。那幾日吃街邊都是虛飽，菜和湯把胃填滿，酸和辣充分滿足食慾，吃時飽足，過沒多久又餓了，恐怕一日六餐都不嫌多。酸辣加上熱天，新陳代謝快，哪來多餘的脂肪長胖？他們還喝一種冰茶。茶是粗茶，荷葉薰過，荷葉茶解膩去脂消火，食物沒油還去脂？難怪瘦子那麼多。

何況她們騎車。騎車需要力氣更需要勇氣。越南女子著長衫騎車真是街頭奇景。交通那麼混亂，司機按著喇叭開車，騎機車、腳踏車的女人沒戴安全帽，就在車陣夾縫裡驚險求生。我坐在車裡提心吊膽，快貼在車門上的女人像沒事人一樣邊騎邊聊，一點不輸男人。去過曼谷之後，再不覺得臺北交通亂；胡志明市這麼一趟走下來，覺得曼谷令人頭痛的交通並不算糟。喇叭像馬路的配樂，騎車的耳朵早練就不把唱歌似的喇叭當一回事，頭痛藥吃多了沒效，喇叭按多了也是。

從越戰博物館出來，還陷在戰爭慘狀的愁雲之中，隔著車玻璃我近距離觀賞這些談笑自如的越南女人。她們身上找不到戰爭的陰影，酷熱的陽光下，長衫粉飾太平。我帶回一幅畫，三個著白長衫的纖細女子悠閒踩著腳踏車踩著夕陽，背景是泛著綠光的草地，前方彷彿有光。沒有胡志明市凌亂的交通，沒有苦難的歷史和現實，她們是三抹優雅的西貢靈魂。中壢有不少越南新娘，當年投奔怒海如今投奔臺灣都為了生活。我從未見過她們穿長衫，或許那太另類太異國風情，或許，被臺灣食物餵胖的身體，再也穿不出飄逸的美感。

淤塞的河口

有人問我，最不想去的城市？吉隆坡。不假思索，我尚且語帶嫌惡。幾次近距離接觸，始終無法對這城市有好感，禍首是它的交通。偏偏四個妹妹和一個弟弟全在那裡生根，千閃萬躲，總是有不得不到吉隆坡的理由。吉隆坡人說，臺北一〇一號稱全世界最高，卻只有一棟，吉隆坡的雙子星可是雙塔，認真比起來還是威過一〇一。況且，史恩·康納萊和凱薩琳·麗塔瓊斯還在雙子星拍電影呢！臺北那棟沒有雙子星出名。這話細嚼起來可是話中有話，有攻有守。大概以為我長住臺灣，必然心向寶島，急忙先打防禦戰。

一〇一根本不該蓋在臺北盆地，那是地震帶。樓高有甚麼好比，比物價比美食還比較有趣。我是騎牆派，現實派，小老百姓派，哪邊生活品質好幫哪邊。說完心裡還是有些彆扭，上回在新加坡亦被理所當然視為臺灣人。我說甚麼餐都行就是不吃中餐，印度菜印尼菜泰緬料理都好。朋友大驚小怪說，臺灣人那麼愛酸辣？說得我心裡百味雜陳。這些牽涉認同民族愛國的大議題我最無興趣深談，倒是觸發幽微曲折的內心亂流令我陷入沉思。吉隆坡果然是個「泥濘的河口」（Kuala Lumpur），陷溺泥濘河口令人心煩意亂，舉步維艱；現實裡，吉隆坡的交通亦令人咬牙切齒，滿肚悶氣。

這回吉隆坡又讓我領教了甚麼是塞車。回怡保前的星期五中午，朋友接我們吃中餐。眼看時間還早，我打算先逛逛茨廠街，再到雙子星朝聖。沒想到一離開酒店便開始湧車潮，茨廠街就在前方，卻是可遠觀而不可近玩。我悵然轉頭，後面的車隊陣仗驚人，一點不輸年關近時臺灣南下的高速公路。吃飯就能塞成這樣？雖然這現象很動物性，也還可以原諒，畢竟茲事體大。星期五中午十二點到下午兩點是國家核可的回教徒禱告時間，馬來人要上回教堂。喔！為宗教之故，這是神性之事，當然不宜置喙。

是嗎？我看著眼前來來去去的馬來同胞，雙子星大樓那麼多馬來人在逛街？他們來雙子星禱告，朋友說。看吧！我就知道原因必然不足為外人道，這兩個理由編來騙遊客可以，卻打發不了我這馬來西亞人。吃完飯還不到一點，到停車場取車時還有源源不絕的車子進來。馬來人，喔，怎麼那麼多馬來人？感謝敝國政府規定車玻璃不准貼隔熱紙，保持透明始可窺得真相，我不想冤枉友族。

出了雙子星又是塞。朋友車停在天橋底下，為了搶時間我們拎著大行李上天橋過對街，悶熱黏稠的 Puduraya 車站我向來對它敬而遠之。敬它，是因為它提供了便宜便利的長途巴士南來北往；遠之，則是它天殺的沒理由的塞車，以及高溫滴油的髒污空氣。多年前妹妹從 Puduraya 接了我們往 Subang 走，下午三時許，莫名的塞，半小時的路程走了三小時。進站前已先塞出滿臉油膩，塞這麼兩下加起來四小時，臉色出油兼泛黑，長居吉隆坡必然折壽。

這次 Puduraya 又用塞車對付我，也就罷了，好不容易從十幾個月臺找出往怡保的那個，卻遇上面無表情的馬來剪票員。他根本不理我，也不讓行李上車，就這麼拖呀等的，車子便悠悠然開出去。這比開車被粗暴之人比中指還要氣炸。那一刻真希望自己就是流氓或暴民，代所有吃過怨氣的乘客修理這傢伙。而事實只是：我發誓，以後再也不到Puduraya。

泥濘的河口需要乾淨涼快的現代化車站，以及暢快的交通。雙塔，表面工夫而已，那是給外國人看的。

黑洞的幽光

出國還得工作真是殺風景。那叫出差，不是旅行，風景早被工作殺掉了，哪有甚麼心情四處亂逛亂走？六月初到新加坡參加文學營便是出差心情。出發前一團亂，該做的事該上的課該交的稿全得提前完成，慌亂中做壞了好幾件事。六月接近期末，本來就該本分守著工作，出國？那至少是暑假後七八月的事，誰教我偷溜？同事酸酸的說，哦！這時候還能出國去玩啊？

玩？誰說我去玩？我揹著筆記型電腦帶著未完的事上飛機，埋頭寫個不停，人在空中許久才意識到，喔！起飛啦？後腦又鈍又重，才闔上眼便意識模糊。忽然一個念頭快速跑過，有個聲音喊，來不及了。我嚇一跳，立刻睜開眼，手上還抓著資料。

幸好是去新加坡，不是陌生的國度。家在柔佛，兩個姑姑住新加坡，從小我便常常來往於熟悉的新柔長堤。小時候過農曆年前，父親總要到新加坡「批貨」。整箱整箱的買回橘子、橙和蘋果。水果是免稅品，遠比馬來西亞便宜，那時新幣沒那麼貴，不像現在對馬幣一比二十，大批大批買非常划算，吃起來有撿到便宜的小愉悅。水果不能買過量，否則新山海關要抽稅。父親於是從七個小孩裡挑出四到五個跟他出門，跟海關人員說明水果非商業用途時，指指孩子說，哪！她們要吃的。

放假時我和兩個妹妹到三姑家長住，那時她三十幾了，未婚，既沒男友，也還沒發瘋，在新加坡當女警，獨自住在烏節路附近的女警宿舍。她自顧上班去，還在念小三的我便和妹妹搭巴士去圖書館看書，到超市買食物和日用品。三姑下班帶我們去游泳或逛街，日子過得跟新加坡居民一樣。女警宿舍非常小，我印象最深的是垃圾桶，不！垃圾通道，設在廁所裡，拉開蓋子，所有的垃圾包括剩飯殘羹和廢棄物，全順著那條幽深的通道滑入我無法想像之處。這玩意兒很新奇，我總要聽到垃圾「咚」一聲，彷彿擊中黑洞的心臟時，才甘心闔上蓋子，一邊好奇的想，不知道人滑下去會怎樣？會不會有小孩不小心把自己當垃圾丟了？家裡開個黑洞，多麼奇特的構想。這個設計自殺方便，殺人時棄屍也方便。

三姑精神失常進療養院時我小四，父親帶著祖父和我去探望她。見面時她說的第一句話竟是：啊！你怎麼長那麼大了？我們去年不是共同生活一個多月嗎？那段記憶顯然自她腦中徹底消失，那麼，她必然也忘記曾經要求父親把我送到新加坡讀書，讓她撫養這事。我不得不假設，如果父親答應，說不定就不會遇上後來那些讓她發瘋的感情挫折。前年祖父過世時，父親打電話叫她回來奔喪，她答：等我有空就回去。

有空就回去。

我聽了苦笑。這比「啊！你怎麼長那麼大了？」更令我無言。從文學營回來，躺在旅館的大床休息時想起這事，我又苦笑了一次。某天沒課，獨自在烏節路上走，正值新加坡購物節，滿街的陽光滿滿的人潮，空氣洋溢著歡樂的嘉年華氣氛，我腦子裡卻塞滿了跟現實無關的幽黯記憶。祖母去年過世時，父親辦完喪事才告訴三姑，她靜靜的說，喔！知道了。

最終我打消了去看三姑的念頭。十幾年未見，也沒甚麼必要再相見。除了血緣，她跟滿街的陌生人有何差別？我在烏節路想起女警宿舍的垃圾黑洞，三姑的靈魂，該不是掉下去出不來了吧？陽光下，那黑洞兀自閃著詭譎的幽光。

廢人之谷

玩個聯想遊戲。

曼谷。你想到甚麼？

按摩。小老虎。

一點都沒錯，我盤算著甚麼時候再去曼谷，來一次頂級的泰式按摩，像廢人一樣躺上五小時，睡睡醒醒不知時日已過，出來時只覺脫胎換骨，湄南河裡灑滿晶亮星光。我特別想念圓手圓腳逗趣可愛的小老虎，牠們天真神情和蹣跚動作真是令人著魔，自從三年前抱過牠們，我常異想天開在家裡偷養一隻。

泰國真是矛盾的存在，東南亞就數它沒被殖民過，泰人顯然是強悍堅毅的民族。怪的是身處泰國卻絲毫感受不到驃悍之氣，柔軟綿密的泰語，合十有禮面帶微笑的泰人，這是溫柔的國度。當然，那可能是旅人的浮面印象，也或許因為住在號稱世界排名第一的東方酒店，享受王公貴族的待遇，感官被賄賂太過——借老殘的說法，五臟六腑沒有不妥貼的，每一個毛孔都像被熨斗熨過——以致判斷失焦。

按摩真是天皇老子的享受，我在臺灣試過幾種號稱 SPA 的芳香療法，從來沒像這次的古法泰式按摩令人印象深刻。偽裝成夜晚的暗室鋪著深色木地板，催眠似的音樂有一搭沒一搭。我趴下，任按摩師把身體當麵糰似的又拉又捏又扭。剛開始我清醒的頭腦還懂得分析，這招鬆腳筋，那招鬆背，弄不清楚鬆甚麼部位時，便納悶的想，哪來那麼多古怪招數？泰式按摩比較像懶人瑜伽，簡單的說，就是別人幫身體做柔和的伸展運動。太柔和了，漸漸的像打過麻藥，我在似有若無的音樂聲中意識模糊，終於睡去。

睡眠是多麼輕薄易碎，我深知失眠之苦。別說身體被搬動，連一點聲響都能讓我睜眼到天明，這回卻真是奇特的體驗。感覺到身體被移動，卻完全記不起如何個動法。皮膚被一雙手滑過撫摸過，身體像珍貴瓷器被輕柔呵護，積累已久的深層疲勞一層一層被翻鬆，被搓散；香藥草的氣味充塞於空氣中，寧靜極了，如果人間有天堂，我相信那就是。

昏昏然睡了許久，我一度懷疑那香氣該不是雜了蒙汗藥？走出小小的天堂，湄南河涼風吹面，淡淡水腥撲鼻，天堂和凡間果然雲泥之別。我忍不住感歎，果然，天堂的美好香氣每一口都得用錢換，尋常百姓共吞吐的是這種諸味雜陳。那一次，我得到兩個結論：第一，有錢真好；第二，墮落放縱一下，對身心大有益處。

對身心大有益處之事卻不只這一件。我相信抱抱老虎也是。吃豬奶長大的小老虎帶豬性，據說比較溫馴。這事其實透露出泰人無畏的民族性。管它甚麼天性不可逆，就用豬奶馴化凶猛，隱隱然可以由此找出泰人未被殖民的原因。不到兩個月的小老虎跟大貓無二，我抱的第一隻像鬧脾氣的小小孩。午後兩點，太陽正熱，小傢伙睡眼矇忪被保母抱出來示眾，心情奇差，在我懷裡像條蟲扭來扭去，大手大腳不安分擺動，喉頭擠出不耐煩的嗯嗯嗯。那哭鬧聲，哎！分明稚嫩耍賴恰似小貓。牠一哭，保母就往虎嘴裡塞奶瓶，給牠摟條濕毛巾降溫。不知道為甚麼我興起搓牠肚子的衝動，還按捺著狠狠親牠幾下的想頭。

自從抱過小老虎之後，我日思夜想欲重回曼谷，那慾望竟遠遠強過當天皇老子被按摩伺候。

我當然知道小老虎的溫馴可愛只是浮面印象。可是，對一個旅人來說，有甚麼不是短暫的？按摩享樂是，轉眼便長成大虎的小老虎，也是。

文具書局

來臺灣之前，一直以為書店是賣文具和報紙的，頂多再擺些參考書、雜誌和金庸瓊瑤小說。

那是十八歲以前的書店印象。當時住在馬來西亞南部的油棕園裡，入中學讀書以前，是不折不扣的野孩子。儘管去哪裡都要拖著五妹這小麻煩，還是有辦法撒野。沒有朋友可以一同遊戲，我和妹妹就在油棕林裡瞎混，割油棕葉、偷油棕果、挖蚯蚓，或者到溪邊，聽風在油棕葉間流竄，把腳冰在水裡，讓腳丫被水流輕柔撫摩，仰頭，眯眼，太陽和樹葉變出魔幻光影，光影和物體在嬉戲，松鼠枝椏間穿梭。找不到樂子，便乾脆鋪條麻包袋躺下，在林子裡午睡。嘴饞時，伸手可以拔棵五六吋高的油棕幼苗。敲開核，挖出白色果肉，那塊只有一小節尾指大的果肉比糖果或水果還好吃，味道有點像老椰子肉裡多出來的小椰果。

儘管那麼愛撒野，我還是老師眼裡的乖孩子。書對我的吸引力，絕不下於遊戲和玩樂。只是那個窮鄉僻壤連賣文具的書店都沒有，家裡那幾本童話早翻得爛熟，難得有機會到鎮上去，我最喜歡流連那幾家賣文具多於書本的書局。

那個叫居鑾的小地方有三家書局，車站對面那家叫裕成。上中學後，為了打發等公車的空檔，我幾乎每日必到。家住得遠，公車班次又少，上完課，總要在書局耗上好長一段時間，才能坐上葉先生開的末班公車。書局很小，文具很多。鋼筆是書局的主角，一星期有六天和鋼筆相看兩不厭，於是對鋼筆著了迷，每日都在玻璃櫃前徘徊。那些鋼筆真是好看啊！初三擁有了第一枝鋼筆，我仍然喜歡趴在玻璃櫃上，對一字排開的華美筆陣發呆。鋼筆之外，最喜歡書架上的金庸。我是不折不扣的金庸迷，從國小四年級起，每天都追著報紙連載的金庸小說，為此常跟也是金庸迷的父親，以及剛迷上金庸的大妹搶報紙。書局裡的金庸小說可以任意翻看，好幾次差點錯過末班公車，每回都是葉先生猛按喇叭聲聲催，把我從武俠世界喚回現實。

書局裡還有為數不少的瓊瑤小說。報紙的「小說天地」每天都有一塊瓊瑤，我讀過金庸和梁羽生，小說癮就過足了，因此一直沒有讀瓊瑤。小說改編成的電影倒是看過幾部。直到現在，我和瓊瑤小說仍未謀面，好像所有的寵愛都給了武俠，再也沒有多餘的情感可以流淌到愛情小說世界去。

六年中學生涯乏善可陳，我對中學生活一直沒甚麼好評價，無聊、乏味且壓抑。課業太重，好勝的我幾乎成了書呆子，埋首在最懼怕的數理化學之中。華文學校華語、馬來語和英語並重，語文能力被老師一再稱讚之後，只好努力猛讀英文報紙和馬來小說。擁有的第一本馬來小說選，叫 Suatu Bening Yang Subur，即「清新的早晨」，就是在那家離車站稍遠的四海書局買下的。

為了高二的政府文憑考試以及劍橋文憑考試，我還常常買英文和馬來文報紙，以及 *Dewan Masyarakat*，這本和 *Dewan Siswa, Dewan Sastera* 同為準備政府文憑考試的重要雜誌。至於英文書，印象中只有美國作家 Steven King 的鬼故事，膽小的我翻過幾章，就再也不敢讀了。第三家學生書局，因為它離車站遠，我甚少光顧，也因此一直印象模糊。聽父親說新開一家叫聯成，想必是文具多於書的那種，不過，那已與我無涉。長年住臺灣，就連當年那三家熟悉的書店，亦逐漸淡出記憶了。

你拜了嗎？

一直對農曆七月諸多顧忌，多年來練就七月家裡蹲的本事。前陣子鬼遇多了遂把膽子給嚇小了，七月一到縮在家裡，戰戰兢兢謹慎度日，三不五時給冤親債主們誦一百零八遍往生咒，解冤解結。七月十五早上方睜眼，意識尚未清醒，竟然就先想到今日重頭大戲是拜好兄弟。堂堂博士，行為思想卻是鄉下農婦模式，在外人看來這書可真是白念了。

白念也沒辦法，沒聽說讀書會把膽子讀大，在我身上，這二者恰是反比關係，書讀得愈多跟好兄弟打交道的機會也愈多，這是甚麼道理，沒人能告訴我。幾千年前孔老夫子對這些事僅以子不語輕描淡寫略過，他老人家究竟出於甚麼原因不語怪力亂神，後人有堂而皇之的詮釋。我對正經八百的說理沒興趣，認定那純粹是阿Q心理，以為不語就沒鬼了。以此類推，鬼是「說」出來的，編派出來的子虛烏有。然而對我這種真正「見」過的人，這心理未免有些虛假，也太沒趣味了。不時被「嚇」到，七月十五拜拜就有那麼一點巴結討好、賄賂鬼神的意思。

社區成立三年，每年七月半都辦集體普渡，拜拜兼聯絡感情，小孩則找到正當藉口吃喝玩樂，從下午四點吆喝追逐打架哭鬧，皮球腳踏車追著社區跑。大人忙著燒金紙堆供品打點好兄弟，沒空理睬準備把社區翻轉過來的小鬼們。總而言之，一場普渡下來，野鬼和小鬼都很高興。

我從來沒參加過這種集體儀式，那麼多不熟的鄰居在一起免不了要哈啦招呼，這實在太彆扭有違我的性格。況且，那麼多人一起拜，好兄弟如何分辨這是誰家供品？來社區門口接受供養的說不定只是剛好路過，自家門口的可是固定守在那兒，說到底，自家門口的不能不拜。我們按月繳交管理費，普渡完了照例會分到一袋糖果餅乾和飲料之類的祭品，心理上覺得鄰居代為拜過門口，必然出入平安。

因此愈加不可薄待自家門口的好兄弟，別人冥紙拜一份我拜雙份，燒上一個半小時燒得大汗淋漓，虛火上升。金紙店老闆娘叮囑的祭拜儀式，我可是行禮如儀。紙錢不可亂燒，往生咒、衣服用品和鈔票得按順序來，還有面巾臉盆和鏡子請好兄弟盥洗。人們按照自身的生活習慣揣想好兄弟的喜好，聽說有人還燒手機和電視。老闆娘很細心，拜拜的全套用品裝成一大袋，每年都把順序重複一遍，她大概覺得我們怎麼看都無法跟拜拜這種民間信仰兜在一起。馬來西亞也中元普渡嗎？她好奇的問。

馬來西亞家裡從來不拜，我是入境隨俗。中元普渡在臺灣好像比過年還盛大，臺灣的好兄弟顯然比馬來西亞的有福氣些。時序方入七月，業者透過廣告提醒消費者用某某產品拜最好，聽起來他們似乎打探過好兄弟喜歡啥。大賣場每年都大發普渡財，泡麵汽水罐頭還有旺旺（一種米餅）賣得特好。中元節當晚大街上分外熱鬧，商家住戶都擺了供桌當街祭拜，邊燒冥紙邊暗中比賽誰家供品豐盛。鄰居朋友見面都問，拜拜了嗎？中元節晚上的瑜伽課小貓三兩隻，連老師都請假。同學才不管我是不是臺灣人，見面第一句話便問，你拜了沒？我說拜了拜了，燒一個半小時。同學露出得意表情，我燒了兩小時，嘿。

卷二·小城故事

我習慣從後段入街，
穿越沒人沒光的中段走向前，
遠遠見到前方雜貨店的燈光，
更遠處的陽光，便覺得從地府來到人間。
山上的時間過得特別慢，
感官因此被磨得很纖細，
那敏銳的頻率常讓我接收到極為微細神祕的訊息，
卻因為當時不夠清明，無法判讀，
所以精神老是有些恍惚。
這些抽象的狀態進入地下街時特別明顯，
因為好奇，
我一次又一次進入，一次又一次淡出，
卻在找到線索和答案之前，
便離開了安靜的山居歲月，
走出了那道幽黯的褶痕。

魔幻歲月

曾有過一段非常魔幻的山居歲月。如今回頭凝望，恍然發現，原來魔幻必須成長於心靈與世隔絕的狀態，物資極度貧困的土壤。隔絕和貧困有助於形塑完整的內在，蓄飽的內在能量投射於外，現實即成魔幻，魔幻亦即寫實。

說來抽象，其實一點也不。

那是段經濟極為拮据的歲月。二十坪左右的高齡老公寓月租七千，低價位換來的居住品質可想而知。牆壁長癌，地板呈波浪狀，山上的潮濕空氣大概加速了房子的老化。我每天清理四散的癌屑清得心煩，乾脆把鬆散的灰屑層層刮下。靠浴室的奶白色牆面在油漆落盡之後，是了無生氣的死灰，凹凸的沙石牆面發散潮濕霉味，冬天連著幾天陰雨，長出奇幻的瘦蕈。灰棕色的蕈朝生暮死，從虛空裡來去時也了無痕跡，從未在地板上尋獲蕈屍，委實神奇。起初我擔心貓會誤食，後來發現牠們對這怪菫視若無睹，亦有視魔幻為尋常的慧根。常常我一早醒來，發現床邊的書被水氣捲成波浪狀，摸起來潮軟無神，不免心情低落。可是那朵守在浴室的意外訪客，讓壞心情立刻好轉。我總覺得那蕈來來去去都是同一朵，專門來玩的。驚喜之餘，總要蹲下跟蕈打聲招呼，咦！你又來啦！

浴室是另一個奇特的場景。前任房客大概患有缺水恐懼症，擺了個大可容人的塑膠甕，口小肚大，可容一人。彼時我剛知道泡澡這玩意兒，遂以水甕代浴缸，倒些硫磺水自製溫泉，冬天在無窗的密閉浴室泡得醺醺然，幾乎昏厥。幸好浴室隔音奇差，樓上鄰居的清晰對話常順水管而下喚醒我，否則極可能在甕裡一泡到天明，以為身處母親子宮乃安心大睡。這種空氣不流通的設計，對數口之家一定是苦事。夏天關門洗澡，還未擦乾便已一身大汗，洗了等於沒洗。

那時甚麼都缺，獨不缺時間，讀書之外別無他事。沒有書架，居無棲所的書很可憐的堆在高低不平的地板上；沒有音響，壽命很短的破電視，心情好時彩色，鬧情緒時黑白，更多時候發神經只聞聲音不給畫面。那是倒垃圾的老陶撿來的回收物，我以五百元購得，它最大的功用是把空洞的客廳襯得更空洞，沒有畫面的對白打在空蕩的牆壁發出清楚的回音。聲音時大時小，失控叫聲常在打開那刻嚇我一跳。古老的洗衣機也是，每回脫水都發出嘶吼，十分歇斯底里，卻在我耐性潰堤之前它先殺了自己，我只好回到大學時代手洗衣服的日子，擰衣時竟有些懷念那神經質的鬼叫。

魔幻歲月裡連植物也變得神經質。兩株水養的瘦弱黃金葛移植盆子後，猛然長成恐怖巨株，爬藤包圍鐵條，後陽臺密密實實變成隱祕空間。兩個巴掌大的巨葉呈油亮的墨綠色，容光煥發地迎風招展。我想不通那一尺深的破盆子怎麼可能滋長出這巨物？空氣中到底有甚麼神祕成分如此營養？它以佔領房子的那種凶狠長法快速攀附，伸出許多巨手左擄右獲，我第一次畏懼一棵植物像畏懼一頭猛獸，擔心哪天醒來被困在嚴密的樹林裡出不去，活活被植物吞噬成為它的血肉，只能對世界發出無聲的徒然吶喊。

最終這棵植物死於我手——不，死於我的恐懼——是我活活把它渴死。它以魔幻的方式成長，最終死於殘酷的現實，是魔幻歲月裡最典型的魔幻寫實。

賣菜阿嬤

在路邊碰到老婦人賣菜，我總會想起老阿嬤像懸念一個久無音訊的遙遠親人。不知道她健在否？還在地下街出口賣菜嗎？不只一次，紅鳳菜和川七立刻讓我聯想到「紅鳳菜補血，川七顧胃」。咦！這不是老阿嬤的口訣嗎？怎麼口號似的儲存在記憶庫裡？

老阿嬤姓啥名誰我不知道，打從照面起，就這樣喊她。她到底有多老？光憑外表實在說不準，長期日曬可能助長老化。她中氣十足的大嗓門一點不顯老，我猜僅五十出頭，倒是髮半白，背略駝，盤圓的臉飽滿黝黑，是勞作催老她的外貌。我們是不折不扣的雞同鴨講，她半懂國語我半懂閩南語，得加上比手畫腳，才勉強溝通。剛開始她叫我「眉妹」，以為是哪家媽媽支使來買菜的。我家那口子有時一起出現，她以為我們是兄妹。混熟之後我跟她說，你那次如果說是姊弟，我就不想跟你買菜了。她大笑，手按著心臟說，好家在！

這是阿嬤的好玩之處，老人家的赤子心特別可愛。她笑咪咪的慈藹樣子，讓我不得不同意大學軍訓教官說過的話。她說，你們這些僑生離家在外，一定很喜歡親近我們這些老人家，有媽媽和奶奶的感覺嘛！對不對？當時我笑了笑，心想，我從來不黏我媽。有一大票孫女的奶奶牛脾氣一來，最常用客家話叫我「行遠滴」。她嫌我老是東問西問。問她當年在大陸幹麼又幹麼，她不想回憶苦日子覺得煩叫我滾遠點。奶奶倒是皮黑背駝，和老阿嬤有幾分相似，只缺那張笑容滿分的臉。

在山上住了六年，我和阿嬤常碰面。通常是清早或傍晚，在地下街出口，早餐店旁邊那道牆，她把自家種的菜隨意擺擺，沾滿新舊土的菜籃一推，邊揀菜，邊跟社區的老朋友閒聊。老阿嬤的手腳跟菜籃一樣，向來沾著泥水。菜色不多，來來去去就那幾樣，紅鳳菜、川七、空心菜、冬瓜、地瓜葉，還有蔥薑辣椒之類。我覺得種菜賣菜於她都屬玩票性質，閒著勞動筋骨種好玩的，也不在乎賺多少。有事可忙、有朋友聊天比較重要。她特別愛叫我買紅鳳菜和川七，每次都是那句老話：「紅鳳菜補血，川七顧胃。」難道我看來胃不好又貧血嗎？

紅鳳菜我買過一次就投降。菜汁的顏色比番茄更似血，吃得嘴角滴血的樣子很有恐怖片的效果。三分熟的牛排才可能出現的茹毛飲血畫面，紅鳳菜輕而易舉便辦到，這菜是我的拒絕往來戶。老阿嬤推銷失敗幾次後問，你不愛這個菜？我用閩南語回她，紅紅的，卡恐怖！同時兩手當利牙在嘴邊比劃吸血鬼，她拍著大腿猛笑，終於死心。

老阿嬤認定我不會做菜，很有耐心教每一種菜的煮法。我想告訴她，廚房沒鍋沒瓢也無瓦斯爐，菜只有一種做法，用電子鍋燒水清燙。要到兩年後，我搬到五弄，才狠狠把菜炒得滿屋子油煙，空心菜地瓜葉全以大量辣椒加蝦醬爆炒，嗆得前後鄰居咳嗽聲此起彼落，紛紛出來關窗關門。

我最常買的是冬瓜。老阿嬤有一回好奇問我煮甚麼。答曰：冬瓜薏仁紅棗湯。她很疑惑，煮甜的？臉上長滿問號。我猜她沒說出來的心裡話是，這小姐果然不會燒菜。不會燒菜的意思等同不會持家，這是奶奶的說法。其實我最愛買老阿嬤摘來的野薑花，不是菜。這事，我始終沒說。

幽黯的褶痕

每回走進社區的地下街，都有誤入異度空間的輕微詫異。光影的轉換是那麼俐落快速，永遠在感官會意之前，光線倏地轉暗，裹在身上的太陽於是瞬間剝離，被丟棄在入口之外，一個隱藏的幽冥空間張口就把人給吸了進去。這時定一定神，瞇眼回望攤在太陽下的世界，那近在咫尺的光亮不禁令人暈眩。地下街彷彿一道幽黯的褶痕，摺進陽光的縫隙裡，摺進樓與樓之間的窄小後巷，同時把人也一併摺了進去。

老社區依山而建，共有三區，從一弄到七弄是住戶最多貓口最眾的第一區，一弄最低，七弄最高。地下街是一條飄散發著水溝氣味的後巷，像三明治發霉的肉餡，夾在三弄和五弄的落差，後陽臺與後陽臺之間。不知道當初誰那麼有經濟頭腦，開發了這麼一條有肉攤、菜攤、麵攤、早餐店和雜貨店的商店街。

山上公車班次並不密集，沒有交通工具又懶得出門時，這條街可真是養人活口的命脈。可是地下街總讓人聯想到「廢物利用」或是「剩餘價值」，這種硬拗來的空間再怎麼說都只能是救急的。或許，這正是地下街攤位零落、貨色也不多的原因。沒法下山大採購時，就暫時買點缺糧湊和著用，誰喜歡在散發著霉味的市場買肉買菜？

一直不喜歡「地下」空間。地下，總有些曖昧不明的味道。地下停車場、地下道、地下室、地下街或者隧道，都是跟死人或小動物搶來的空間，那裡面盤旋著一股神祕的鬱氣，讓人疲倦，讓人想逃。社區的地下街不是封閉空間，可是陽光進不來，樓與樓之間探照進來的天光趕不走潮濕陰冷，因此溫度總比外頭低，大熱天也像吹冷氣，讓人不自覺打冷顫。這奇特的反應很難不聯想到遍布半山腰的墳，以及冶遊的魂。一步步走入那陰涼暗巷無光夾道時，實在無法不想子不語之事，於是邊甩頭邊掐著錢快步走過無人空攤。

偶爾樓上傳來住戶刷洗或炊煮的聲響，小孩哭鬧大人罵架話家常。有時聽見母親按捺著怒氣壓低聲音咬牙切齒說，還不滾去洗澡還在玩要死了你；或者在炒菜聲中揚聲叫小孩買番茄醬。無論聲音大小，總之有人間聲氣，便覺心安。樓高僅五層又前胸貼後背的公寓，大概很難雞犬不相聞，也難有隱私。我就常常聽見後面鄰居叱責小孩，午餐晚餐的內容也飄巷越樓而來。從地下街抬眼望去，後陽臺風景實在乏善可陳，不外乎堆放雜物如掃帚水桶或箱子，家家戶戶都飄揚著的衣物散發洗衣粉氣味。有時剛好一陣劈里啪啦掠空而過，抬頭只餘空響，哪裡還有貓們的影子？

我習慣從後段入街，穿越沒人沒光的中段走向前，遠遠見到前方雜貨店的燈光，更遠處的陽光，便覺得從地府來到人間。山上的時間過得特別慢，感官因此被磨得很纖細，那敏銳的頻率常讓我接收到極為微細神祕的訊息，卻因為當時不夠清明，無法判讀，所以精神老是有些恍惚。這些抽象的狀態進入地下街時特別明顯，因為好奇，我一次又一次進入，一次又一次淡出，卻在找到線索和答案之前，便離開了安靜的山居歲月，走出了那道幽黯的褶痕。

老闆們

住在新店老社區那幾年近乎隱居，讀書寫報告散步餵貓，日子過得沒有痕跡，時間的劃分失去了意義。唯有開發財車的小販們在巷子裡叫賣時，提醒我今夕何夕，連成一氣日子因此而有了頓挫和轉折。

星期二晚上我戲稱為小鄧之夜，賣臭豆腐的老闆是鄧麗君的歌迷，最常播的招牌曲是〈小城故事〉。小發財車入夜才來，寒冷的冬夜裡，高分貝的「小城故事多」聽來溫馨和煦，真有點故事說不完的悠長意味。溫柔的歌聲把狹長安靜的七弄喊醒喊暖和，蜷縮在屋裡的住戶拿著自家的碟子碗筷團團把老闆圍住，臭豆腐熱烘烘的味道飄散在空氣中。從四樓俯視，那聚光聚熱的焦點真是充滿喜和樂的尋常人間風景。那幾年我吃了許多臭豆腐和泡菜。擠在鄰居之間等寡言的老闆默默把豆腐切好裝盤，再挾上小山也似的泡菜，感受到飄浮日子的踏實，以及期待食物的細微喜悅。離開老社區之後，我再沒興起吃臭豆腐的想頭，現在一聞到臭豆腐的氣味就掩鼻快走，想不通那幾年怎麼渾然不聞其臭，也不由得納悶這莫名的巨大變化。

小城故事唱完隔兩天，周四傍晚，在五弄和七弄之間，是賣肉鬆的藍色小發財車。健談的老闆沙啞的急嗓子，有種咄咄逼人讓人不得不買的氣勢。晚飯後散步總會碰上，久而久之便成常客。我不太買肉鬆，卻特愛芥末花生，又嗆又脆，潑辣有個性，大顆點的有本事讓人立刻飆淚，簡直是催淚彈，很醒腦，且有點被虐的快感。回馬來西亞拎了八九包去派送，二姨婆邊擦淚邊說好吃，原來小小的芥末花生是齣悲喜劇。那次的手信親戚們都很滿意，我把這事告訴老闆。老闆後來常問我甚麼時候要回家，巴不得我每個星期都返馬一次。

最常見面的是瘦子老闆。瘦子老闆賣水果，下午四、五點鐘在五弄巷尾的公園旁擺攤，從陽臺望出去，遠遠便望見那把七彩大陽傘佇立在巷尾，熱情對我召喚。除了初二、十七，以及星期天，瘦子老闆幾乎天天出現，我由他的出沒推算出月亮的陰晴圓缺。打從三點起，我便在陽臺探頭探腦。那時我已經關在油漆駁落、地板起伏的小房子大半天，頭腦昏沉，腰背開始痠痛，眨眼揉眼的次數逐漸頻繁，對閱讀失去耐心，瘦子老闆是我的逗號。跟瘦子老闆畫上等號的是一連串不必用腦的活動，買水果、聊天、散步、玩貓，總而言之，瘦子老闆意味著透氣和休息。

顧名思義，瘦子老闆瘦瘦長長像甘蔗，偏長的頭上窩著鬈髮，我覺得他是男人版的大力水手太太奧麗薇。都說無奸不商，瘦子老闆卻相反，常被挑三揀四的太太們撿到便宜，算好錢掐掉零頭邊嫌貴還硬是多拿一顆蓮霧柳丁的。他無奈又無辜的搖頭苦笑，我因此替那些計較得近乎刻薄的太太們難堪起來，好像我也是她們的一分子。然而瘦子老闆對從不討價的我十分友善，幫我挑最甜的香瓜、剔掉芭樂的葉子、爛掉的葡萄減少重量，運送過程中受輕傷的釋迦或木瓜是額外的贈禮。沒有客人時我們還可以東拉西扯，談些馬來西亞水果之類的話題。有時我並不買，出來散步散心打聲招呼，順便問他有哪幾隻貓路過，可有見到那隻會唱歌的大白貓。

離開社區後我回去過兩三次，剛好瘦子老闆在做生意。老闆胖了些，見到我們臉上有老朋友重逢的喜悅。挑了幾樣水果才一百五，半買半送。至於那些賣臭豆腐和芥末花生的發財車老闆們，早已跟貓族一樣，變成遙遠的故事了。

老陶和他的家人

想起老陶我總是想起一部電影小說——《那山那人那狗》。小說和電影說的是老郵遞員和一隻狗挨家挨戶走山送信的故事。老陶則是開著那部破垃圾車，穿梭山上社區巷弄，挨家挨戶倒垃圾。電影那隻通人性的大狼犬在老陶版《那山那人那狗》裡，得換成混血黑狗小莉，外加小跟班雜色母貓老咪。電影裡的大狼犬器宇軒昂，體格壯碩；小莉也毛色油亮，威風體面，一點不輸那隻叫老二的大狼犬，只是名字有些遜。這隻善良的山頂黑狗兄為何叫小莉，至今是謎，也將永遠成謎。

因為老陶早已作古，小莉不知流落何方。

老陶和我勉強還算「遠親」。這親是老咪攀的。老咪頭胎生了五隻，小肥和小女生尚未斷奶，便被老陶送來我那家徒四壁的舊公寓。按照人類的思考模式，我算是老咪請的奶媽兼保母。兩隻步子不穩走路外八的嬰兒貓，整整一個月悶不吭聲，我以為牠們是啞巴，又怕養不大，一度動念把牠們送還老咪。老陶拍著突出的肚子揚聲說，黑糖在這裡，送出的貓兒不回門，不行不行！一包黑糖抵兩隻貓，不曉得是甚麼習俗，雜貨店老闆娘特別叮囑的。我便乖乖提了包黑糖到老陶的地下窩。

老陶那窩，唉！一弄和三弄之間的暗黑地下室，幾塊木板圍成的簡陋隔間，就是這老榮民的家。亂。黑。髒。潮霉味。水溝味。垃圾味。老陶浸染既久，身上也有股洗不掉的酸腐味。不通風的隔間空氣很濁，老陶的餘生都窩在那裡，跟衣服雜物貓狗一起住。我還在雜物裡撿過一臺破電視，老陶因此意外賺了五百元外快。飯鍋也像撿來的，外殼盡是污漬，內鍋倒刷洗得很乾淨。

黃昏散步我偶爾彎進地下街去看老陶，以及老陶的家人，小莉和老咪。他在臺灣的親人就只牠們倆。老陶省吃儉用，對小莉卻大方得很。我親眼看過他在雜貨店買牛肉乾餵小莉。一包吃完，小莉舐舐舌頭搖搖尾巴，對老陶吠幾聲，顯然意猶未盡。老陶連買三包，撕下一角放入嘴裡慢嚼，剩下的全餵了小莉。小莉吃得盡興，舐畢老陶的手，又抱住主人想幫主人洗臉表示謝意。

小莉和老咪大概也自認是老陶的家屬。總是小莉從暗處奔出來招呼我，邊大聲通知主人客到。我左閃右逃狼狽不堪，同時要躲開小莉呼呼哈熱氣的舌頭，以及搭在我身上快掃到我臉的大腳。狗叫貓也沒閒著。老咪跟狗住久了帶狗性，小莉叫，牠也伸長脖子來幾串高低起伏的喵。我常常帶著小莉腳印，老咪貓毛和跳蚤回家。老陶一聽貓狗大合唱，便知是我，換成是別人，老咪才懶得理。這話讓我好虛榮，老咪的恩寵讓我心甘情願忍受壞空氣，以及跳蚤的囓咬。

老陶視力不好，小莉是他的眼睛，倒垃圾時不論陰晴身旁總少不了小莉。老咪跟著倒垃圾就怪了。有時在回家的公車上遠遠看到一人一狗一貓認真爬坡，視公車如無物。老咪尚且跟著老陶和小莉下山購物逛街，貼著那條爬滿蕨類的山壁下山上山來回走上三公里。這一家人幹活享樂都喜歡聚在一起。

老咪生了兩胎之後送去結紮，小莉則和一條黃狗生下小虎，一隻長大後跟小莉像雙胞胎的大黑狗。一人一貓二狗倒垃圾的景象愈加令人發噱。《那山那人那狗》中的老郵遞員最後把郵務工作傳給兒子，與妻子相伴，老二繼續跟著小主人攀山越嶺送信。老陶最後死於腸癌，小莉和老咪不知所終。老陶演的，是《那山那人那狗》的蒼涼版。

公車走了

中學時代坐巴士上下課，最可怕的事是校車提早開走，把我遺棄在清晨六時半的安靜油棕園，滿山的鳥鳴聽來都像哭。接下來我得獨自走四十分鐘山路到大象村坐公車，帶著一身一臉塵土進入訓導處，跟綽號黑牛的訓導主任解釋遲到原因，領了那張該死的上課許可證交給任課老師，在全班同學注視下羞愧走回座位。我討厭遲到，更厭惡白衣白裙白鞋白襪撲上一層黃灰，髒兮兮的成為全班注目焦點。班上只有我住偏遠山區，遲到顯得我特別與眾不同，再一次凸出我和他們生活圈子的差異。這令我非常不自在。

「公車走了」成為青春期夢魘，青春期結束，夢魘仍未完，整個大學時代，我最常做兩種噩夢，一是考試寫不完滿頭大汗醒來；另一種就是目送校車捲起漫天黃霧揚長而去，留下山坡上欲哭無淚的我。那種來不及的懊惱非常真實，醒後猶沉沉壓在胸口，許久無法入睡，反覆的想，只差一點就坐上了，只要快一分鐘……。

沒想到這夢魘會在四年後的現實裡延續。

平均兩小時一班的社區公車出發很準時，可怕的是回程。我在臺電大樓站等車，通常是下午六時許，公車站牌下一波一波下班下課人潮在引頸，羅斯福路則像條蠕動不良的腸子塞滿髒污。我百無聊賴張望，撐著疲憊的身體和塌軟的精神，在站牌底下吸廢氣聽噪音，深刻體驗到等公車真是消磨人生。從師大到山上，如果開車走環河快速道路不需半小時。坐公車呢，非常順利的狀態，也要一小時半。然而這種行雲流水的快樂回家方式跟中統一發票的機率差不多，我在山上住了六年，加起來不超過十次。

通常是下課或下班後走師大路再左轉羅斯福路，邊快走邊祈禱，公車可千萬別棄我而去呀，寒冬裡也逼出一身汗。中學時代「公車走了」的焦慮還常常出現在夢裡，這下舊的未去新的又來，我對公車真是又愛又恨，同時還伴著很深的挫折和無力感。那些年我常陷在看不到未來的泥沼中，加上緊張，經常頭痛和胃痛，餓肚子等公車常常忍不住要吞止痛藥。社區的公車司機大約三到四位，有的開得快有的開得慢，半小時是正常的候車時間。從沒弄清楚他們的排班秩序，也摸不清他們的開車習性，反正提早到站牌下守著準沒錯。儘管如此，還是常常錯過莫名提早的班次，或是等得快放棄時，藍色公車惡作劇似的出現，令人又氣又喜。早黑的深冬黃昏常令我心情低落，等著等著，我不禁負氣的問，拗著一口氣在這鬼地方受寒受凍到底為甚麼？那是少數我會思鄉的時刻。餓和累，令人意志薄弱。

山上買東西不方便，我時常大包小包民生物品和食品拎著上車，餅乾罐頭泡麵甚至牛奶，就一路從和平東路拎到羅斯福路，走走停停輪番折磨兩手。斷糧的恐懼遠遠超過兩手的痠痛，家裡堆滿各種食物製造假象的豐足，可以暫時撫慰我的不安。在雜誌社上班後，每到月中總有幾天耗到八九點，連走路的力氣都耗盡，累得神志不清，只好坐計程車。於是那條有墳無人的上山公路成了另一種夢魘。背包裡藏著一把刀，一上車，立刻把手伸進背包握緊刀子，全身肌肉緊繃，高度警覺得像隻隨時準備搏鬥的獸。回到家把身體往沙發一扔，癱軟如泥，慶幸又活了一次。那把刀現在用來切水果，利得很。即使鈍了我也捨不得丟，它是恐懼的總和。

離開山上六年，夢裡還不時會駛進一輛藍色公車，它加速離去的身影那麼決絕，被遺棄在夜色中的我，又是如此孤單、絕望。

蜘蛛精之城

親戚朋友知道我住中壢，總要問，中壢名產是甚麼？名產是記憶或辨別一座城市最直接而有效的方法，新竹貢丸和米粉，臺中太陽餅，花蓮麻糬。那麼，中壢呢？檳榔攤。

我沒有說笑。我是認真的。幾經思索和觀察，檳榔攤確實是中壢的不二名產，它認第二，沒別的敢認第一。如果夜遊中壢，各主要道路都有數不完的放射狀霓虹，眨呀眨的，沿路跟客人拋媚眼。那是商人的聰明，檳榔攤的標誌。

最早讓我這個女人也歎為觀止的，是縱貫路上×××（三個字，恕我不作商業促銷不能提供攤名）檳榔攤美眉。縱貫路是我走北二高往返臺北的必經路段，在桃園和中壢之間。除非目盲，很難不注意那關在玻璃箱的冶豔身影。老闆有生意頭腦，燈光打得特別亮，身材噴火的美眉穿著螢光色的三點式泳裝，踩著五吋高跟鞋，框在玻璃箱裡，霓虹光在她身上閃爍，真像蜘蛛精守在盤絲洞，等著獵物上門。

美眉通常很忙，除了賣檳榔，還要跟客人哈啦說笑，常有成串車子排隊，等著一親芳澤。當然是醉翁之意不在檳榔。別告訴我那車隊純為檳榔而來，檳榔攤前面多的是，古銅色皮膚的檳榔美眉不只一家，為甚麼車子情願排隊等她？這也就罷了，車隊堵路，經過的車子被塞得交通燈轉紅，沒有不耐煩的喇叭，在中壢，可是非比尋常。美女大家都愛看，被堵了正好光明正大看個過癮。轉紅燈更好，有餘裕可以評頭論足。通常止於樣貌身材，氣質就說不上了。

有一年系裡辦研討會，我負責招待學者。吃完晚飯時間還早，我說，走！帶你們去看中壢名產。中央大學附近是名產的重要產地，檳榔攤一字排開，這難得的景觀讓兩位海外學人目瞪口呆。他們訥訥的擠出一個問題：冬天穿這麼少，不冷嗎？不愧是學者，很快就問到重點了。冬天美眉們依然穿得很少，一邊做買賣一邊在冷風中跳，看著都覺得這錢歹賺。

妹妹趁房地產生意淡季時從馬來西亞來家裡住，我忙裡偷閒一起遊山玩水。穿梭中壢時，她興奮的說，那麼多阿秋檳榔，我可以考慮改行做這個生意呀！哪！又一攤！她指著前方大叫。妹妹叫怡秋，我們都叫她阿秋，當攤主名正言順，當檳榔美眉嘛！嗯，我想了想，怕傷了姊妹情誼，於是委婉的說，你住慣熱帶，冬天的冷風你受得了嗎？

這一問我也得到結論。檳榔美眉的首要條件是：身材不必完美，只要敢露。腿不夠長沒關係，有恨天高可以彌補。天后張惠妹不也靠它製造視覺效果？當然，最好讀完《西遊記》，把蜘蛛精那套妖術學起來，增加一點知識水平和生意技巧，總有一天，中壢必將爬滿蜘蛛，成為蜘蛛精之城。

黃昏市場

回家路上必經環東黃昏市場，在中壢大動脈的環中東路上，這近百坪的市場像有力的心臟，把人流吸進來，注滿養分，再把人流輸送出去。五點鐘以後，下班的人潮大量湧入，市場燈火輝煌。燈泡的黃光打在水果攤上，那鮮豔顯眼的顏色是最虛偽的粉飾，決計不會令人聯想到市場裡面淌血的肉塊和懸掛的內臟。

許多次我想順路買水果，最後總是作罷。市場是環中東路的交通死結，要找個空間塞車子，跟中樂透一樣難。我一直納悶警察和拖吊車怎麼會對每日定時定點發生的違規視而不見，就有人這麼缺德大剌剌並排三部車，駕駛座上的人耳朵聾了似的，對連串帶怒意的喇叭聽而不聞！

每回我帶著找不到車位的輕微遺憾路過，便往離家更近規模較小的中北黃昏市場開去。中壢有二多，大賣場和黃昏市場，充分說明它尚未進化完全的城鄉混合特質。超級市場很難在這裡存活，保留著農人性格的中壢人不習慣乾淨不流血的現代市場。我的鄰居太太們全是黃昏市場的忠實顧客。超市的魚肉菜貴，有人代洗乾淨加上塑膠袋或保鮮膜，那全反映在商品價格上。況且套在塑膠袋或保鮮膜裡，不能用手去摸去掐，感覺很不真實，這是隔兩間的一位年輕媽媽說的。那麼傳統的消費習慣，難怪黃昏市場如此囂張，幾根梁柱外加鐵皮屋頂，隔幾條街就隨便蓋一個，動不動就讓交通不通。

住西園路時，隔條街的中福市場幾乎把忠福路癱瘓，不知道正對市場的住戶作何感想？當年蓋這新大樓時打著與中福市場為鄰的廣告，我因此堅決不買這裡的房子。然而上百戶的大樓銷售狀況甚佳，想來市場就在家旁邊是賣點。它比環東市場更大更熱鬧，常常我挽著菜籃，眼睛用來看東西也就顧不了人，不是被撞就得撞人，因此市場裡最常使用的辭彙除了買賣的數目之外，便是對不起。

我固定跟一攤買水果，付帳之後在菜攤繞一圈，幾年下來，菜籃的內容來來去去就那幾樣，冬瓜、蔥、辣椒、地瓜、薑，外加一包手工拉麵，至於雞嘛，常常想買而買不到，得碰運氣。如果攤子上沒賣剩宰好的雞隻，肉販得在我眼前現殺那關在籠子裡活蹦亂跳的活雞，通常我就不買了。假仁慈的代價是常常沒肉吃，這我可一點都不敢抱怨。買肉買魚最怕找零，沾著血水魚腥的錢收也不是不收也不是，手裡揣著那錢胃在翻騰，乾脆不買，省得自找罪受。中福市場最令人懷念的是那攤燒烤。魚下巴、鰻魚、鹹豬肉是老闆的招牌，鹹水雞、鴨和鵝都各有忠實顧客。常有客人一買幾百塊，大概是外地來的。

搬離西園路之後，很少再回去，那可怕的交通令人裹足。環東市場很有吸引力，然而恆處遠觀的位置。現在我固定光顧中北市場，還是很沒長進，買來買去就水果和那幾樣菜，沒有那攤好吃的烤鯛魚下巴，我像素食者一樣寡慾，偶爾買點豬肉丸。我家那口子終於忍不住，最近常跟著上市場，一買就是足夠吃兩頓的魚啊肉的，好像我虐待他似的。付錢之後還盯著淌油的烤鴨，看來他比我更適合血脈賁張的市場。

無名火

一樣米養百種人，不同行業養不同習性。我家附近的農人喜歡燒東西，這是農人習性。稻子收割後放火燎原，大概為了肥土。污染空氣雖缺德，事關農家生計，搖搖頭嘆口氣，也就算了。令人無法忍受的是燒東西成惡習。並非對農人心存偏見，田園生活當然也有粗糲不美好的現實面。竹子、野草或樹枝，燒就燒吧！燒床燒沙發燒些甚麼不能分解的塑膠製品，弄得家在化學工廠旁似的，毒氣隨著田野的風一陣一陣送到房子來，修養再好也無法不動氣。

農人鄰居燒東西不挑時間。大白天燒，傍晚燒，晚上也燒。最離譜的是大清早。在寤寐之際聞到焦味，直覺是失火了，立刻跳下床，狼狽的登樓張望，最後發現屋後的空地裡裊裊白煙在晨舞，微小清晰的劈啪聲像配樂，透著幸災樂禍的刺耳。殘餘的夢這下被冷風完全吹醒。農人是上古人類，日出而作日入而息，我這六七點鐘便醒算早起的人，到底比不上這些四五點摸黑下田的，六七點鐘他們可能工作告一段落，清出成堆雜草，開始大燒特燒。我披著朝霞和微濕的空氣，對著那煙發呆，嘆口氣，轉身給植物灑水。

後來開始習慣煙味，或者說，接受農人燒東西的習性，很少再為焦味動氣，雖然愉悅的午後時光因煙味敗興。煙味如果混著煮豬飼料的酸餿味，而天色陰霾，常令我錯以為那是世界末日的頹衰氣息。有時遠處田裡煙散成霧，觀賞距離形成的美感之餘，不免慶幸，還好燒得遠，聞不到。

最近這次我卻不只動了氣，還動員了警察和消防員。

那日是暖冬午後，屋後小丘也似的木板和鐵皮堆竄起火苗，三個中年男人拿著鏟子在翻攪，瞄了一眼，是放心的火勢。我回到書桌前寫了一段字，記掛著那火，便再靠到三樓窗邊觀望。這回不得了，火混著白煙，屋後白茫茫一片。男人不翻攪了，卻拎著水桶在滅火。火遇到水生出滾滾白煙，態勢有點嚇人。

想著貸款還清遙遙無期的第一幢房子，十萬「火」急打電話到警察局。許久，慢條斯理來了一輛警車，正要高興稅沒白繳，卻見車子穿越白煙徐徐遠去，留下窗邊錯愕的我們。顯然中壢的警察對類似的場景早已習以為常，或許他心裡想，這款小事也值得驚動人民保母？

不死心，第二次用更火急的語氣打到警局。電話那頭警察懶洋洋的問，需要消防車嗎？（不知道為甚麼，我腦海出現空中小姐推著車，嗲聲嗲氣的問，需要酒嗎？需要化妝品嗎？）真是廢話！消防車鬼哭神嚎的來了，從下午滅到晚上九點。兩個消防員跟三個男人對付悶燒的火和總也不死的濛濛白煙。最後，火終於熄滅，細弱的白煙苟延殘喘了兩天。那天正巧風向對，豬味沛然充塞於天地間。我過了一個百味雜陳的周日下午，心裡的無名火卻一直沒滅。

田中央

我家的地址很簡單：市＋後寮＋號。每回「說」地址，都要重複以下的對話：啊？你家沒有路嗎？沒有巷弄？「後寮」是甚麼？哪一個寮？後來我實在厭煩，報完地址不等對方提問，大氣不換接著說，沒有路沒有巷弄，寮是豬寮田寮的寮。

名副其實，家坐田中央，前後有豬寮。一條瘦瘦的小溝游過，亂無章法的菜園閒散落。熱鬧的環中東路岔條野草叢生的小徑進來，先經過豬舍、稻田和菜園，那看來和周邊環境很不搭調的唯一歐式透天社區就是。小徑是黃泥路，坑坑洞洞像月球表面，最好開四輪驅動，會車技術要好一點，時速只能三十，隨時有菜農歪歪斜斜地騎著腳踏車從彎道殺出來。更險的是撿破爛的老先生老太太，推車上的紙箱又高又橫的佔去半條路，他們沒心思理會對面或後面來車。別說三十，我開二十嘴巴還唸著阿彌陀佛，深怕不小心碰塌了這行走的臨時違章。

初來時並沒有注意到豬舍是必經風景，注意力全在小徑上。等到遊刃有餘時，有一天發現掩護在樹葉堆的灰色房舍門未關，好奇探頭，赫然是豬舍兼私宰，裡面的血淋淋風景極為赤裸而寫實。新鮮內臟掛在鉤子上吹風，豬腸像水管繞了幾圈半空晃盪，沒去毛的豬尾巴像毛筆，被看不見的手揮舞著寫無字天書，風帶著生肉腥味竄入記憶的暗角。

朋友每聽我說家在田中央，總聯想起浪漫不著邊際的田野風光。我想了想，覺得必須以現實平衡想像，便說，風向對的時候，豬味沛然充塞於天地間，住這裡閉氣功夫得練好。菜農挑著豬肥經過，無法掩鼻而逃也逃無所逃。這算是寫實主義式的浪漫吧？

寫實主義式的浪漫，是我的田野生活寫照。

在臺灣居住第十四年，中壢教書的第三年，我決定買房子。起初看房子純粹出於好玩，對中壢有成見，買房子前實在無法喜歡這雜亂的城鄉混合地。住新店時聽聞它的垃圾傳奇，先就烙下壞印象，垃圾城是它的代名詞。

住了三年，印象不那麼壞卻也不太好。中壢名產不是垃圾，是火辣辣的檳榔攤。縱貫路的金石堂眼看它開門，眼看它變成錄影帶出租店。再多的錄影帶店中壢人都養得活，卻無法維持像樣點的書店，中壢實在不是細緻有文化的城市。假日時中壢人攜家帶眷逛賣場，精神糧食要來做啥，能填飽肚子嗎？中壢不大卻至少有七家大賣場，令人錯覺地價很賤。路口那家難吃的牛排館生意詫異的好，原因是俗又大碗，一客二百元，分量等於別處兩倍大，餐具缺兩個口也無人在意，逢假日排隊候食者等到大馬路來，車子快停到豬舍。每次經過都開罵，沒公德心嘛！幾次之後連罵人的勁兒都省下，回家拖地上下四層樓要力氣，況且這是中壢，算了算了。

許多臺北人打心底瞧不起這粗野的城市，我卻邊罵邊買房子，認真當起中壢人。鄰居說這是落地生根，我笑笑也不反駁，真是無法細說從頭，也說不清的長篇大論。我總寥寥幾句打發過去，房子格局好且腳踏實地，不必住公寓像住空中樓閣，實在別無他求。這可是真心話。尤其極目所見皆綠，幾點白鷺鷥點綴黃昏的田壟，往四樓陽臺一站，晚風裡，四周靜悄悄的讓人把整個世界都遺忘，誰還記得亂糟糟的中壢？至於偶然飄來豬們的「調味」，那就權充田野之味吧！

臺北的朋友老說我甘於當個鄉下人，成日養魚種花蒔草，研究生機飲食藥草茶，三十出頭的人倒提早過起退休生活。聽來他像數落一個自甘墮落的人根本與我無關，但對那臺北中心式的思考和驕傲頗不以為然。偶然在臺北辦事行走或者聚餐，只要過了晚上八點，不知怎麼就有些慌亂，心像遊魂一樣飄忽來去不在場，老惦著回家吧！好晚了。有時候人在外面，心裡記掛著垃圾要倒、資源回收，植物快渴死了得灑水這類說不出口的瑣碎理由。總之，家裡某個角落窩著才有安全感，聽著時間在蟲聲裡睡去，空氣裡隱約有田野之味；總之，人得回到豬寮田寮所在的後寮，回到那田中央。

中壢之味

中壢人愛種菜。只要有地，哪怕是極小的一坪大小，也要種點花不了幾個錢的辣椒、蔥、蒜之類。初時我以為中壢人節儉。中壢客家人多，勤儉持家，能省則省是客家人本色。後來發現閩南人也如此，種菜是土根性濃厚的中壢人共同的嗜好。菜種在院子或住家旁不奇怪，我每次總在意外之處撞見菜園，等紅燈的路口、建地旁、廢棄的舊房子前、高樓與高樓之間，中壢人種菜種得神乎其神，他們用行動說明了土地是用來長菜，不是長草的。難怪中壢的菜有時便宜得不可置信。

這些夾雜在市街的菜園也是中壢的隱喻，不鄉不城，或城鄉混合，充滿中壢正努力由鄉下人轉都市人的變化軌跡。夏天處處可見瓜棚開著黃花懸著肥絲瓜，這景象可以註冊為夏日中壢的商標，就像把木棉花視為中壢的市花一樣。秋冬之際，熱鬧的環中東路旁總有大片怒放芒花，風吹芒花動，忽見芒花叢中蹲著幾十顆高麗菜。剛從臺北搬到中壢時，這浪漫兼寫實的突兀景象總令人莞爾。中壢是這麼一個不細緻的地方，且絲毫不掩飾村姑本色，我常以啼笑皆非的心情來看待這城鄉混合地。

通往我家那條坑坑洞洞的月球道路旁，就有幾處菜地。社區門口的那片十幾坪大小，原是荒地。後來野草不見了，長出整齊翠綠的菜畦，社區裡的鍾家夫婦日日辛勤勞作，澆水挑肥拔草。有時腆著大肚子的鍾先生挑兩桶豬肥，從附近的豬舍一路搖搖晃晃到菜園，十分專業而敬業。我一度以為他是農夫，一年後才知道他的正職是建築業。他竟然有辦法跟地主借地種自己的菜，煞有其事的把業餘弄得跟正業一樣。菜色四季不同，A菜、地瓜葉、空心菜易栽易長，是鍾家最愛。夏天的瓜棚最寫意，迎風搖曳的胖絲瓜巍顫顫，不吃光看也很養眼。

以前的管理員老伯在警衛室前面，那半坪大小的巴掌地種芹菜和辣椒，他送來的芹菜葉飄著不知是豬尿豬糞，還是甚麼（人？）排泄物的味道。拿到手裡，那味道一陣陣攪動著胃囊。從此以後我宣稱不開伙，免得尷尬。鍾家的菜則多多益善。夏日冰箱裡總放著他們的絲瓜，為這好吃的瓜，我練就了厚臉皮，吃完自己開口要，要了一條又一條。今早收到一罐鍾太太的自製辣椒醬，紅豔如霞，香辣沖進腦門，忍不住當著他們的面就舀了幾匙入口，那味道，俗而有力，典型的中壢之味。

中原異域

偶爾我回去住了四年的西園路，發現昔日租賃而居之處，已淪為外勞的殖民地。不過兩年之間，薑母鴨、海產店、羊肉爐逐漸汰換成泰式燒烤、越緬料理，招牌全用泰文、印尼文。按照大中國中心的思考，這些「蠻夷」竟把中文逐出中原（西園路附近是中原大學），硬是在中原境內圈出一方異域。

附近是中壢工業區，外籍勞工漸漸在這裡形成生活圈子。周二的夜晚他們結伴出遊，跟中壢人一起逛西園夜市。騎腳踏車或走路，男女當街嬉笑玩樂，在小吃店前喝酒聊天唱歌，泰然自若把異鄉作故鄉。跟臺北車站或香港街頭一樣，周末假日是外勞郊遊日。最常見的是男生騎車，女生在後座，忘情的快樂說笑，開車的人反倒提防碰著這些不看車子的人。便利店內也有他們的影蹤，不外乎買電話卡打國際電話，握著便利店外的電話筒講半天。有時在便利店外等朋友，三幾個男生邊抽菸邊聊。假日的西園路令人錯亂，這是在曼谷還是胡志明市？

路口有家頗大的雜貨店，以前我常去逛。老闆和店員應該都是泰國人，店裡陳列品牌眾多的泰國泡麵、調味料、香皂、青草茶、零食，由此可知此地泰勞之多。老闆用異域口音的流利國語做生意，細聽某些國語發音還帶著閩南腔。拜總統之賜，如今外勞學起國語不必力求字正腔圓或咬文嚼字，泰腔、印尼腔、越南腔和閩南腔統統是不標準國語，這年頭捲舌說標準國語早已退流行了。

雜貨店販售泰國的瓶裝罐裝飲料，奇怪的零食。最訝異的是發現大陸的午餐肉，切片煎得半焦夾麵包，那曾是小時候的最愛。逛雜貨店的樂趣在於發現，我志在看，不一定要買甚麼。拿包醃漬小螃蟹研究半天，光看鮮豔的紅橘色就覺得夠入味夠腥。或買包泰式泡麵 tomyam 口味，吃時再撒一把泰國辣椒粉，酸辣夠勁，冬天照樣吃得頭皮汗濕。有些是泰國罐頭，泰文標示不知所云，只能從圖樣猜內容。實在沒東西買，就買洗衣粉沙拉脫，一包蘇打餅。在店裡耗上個把小時，總覺得要買點東西才對得起老闆。

他們的餐飲店最吸引我這種酷嗜酸辣的南蠻。對中式料理沒甚麼興趣，我吃慣大量南洋香料調理的辛辣生酸，在東南亞旅行自在舒坦，只嫌胃納不夠。最嚴重的旅行後遺症是從曼谷和胡志明市回來，幾乎厭食，恨不得移民。每次聞到這些外勞聚集的店裡傳來濃厚的鄉愁滋味，巴不得立刻衝進去。可是外勞好奇的眼光令我裹足。我很想告訴他們，我也是外勞，馬來西亞來的，跟你們一樣。

學生說工業區內某家雜貨店賣很好喝的巧克力牛奶，不知東南亞哪一國原裝進口，香醇濃厚，不喝鐵定後悔。我老嫌臺灣的巧克力牛奶沒巧克力味，不如吃巧克力算了。學生這一說我便專程開車去找。問了三四家，沒找著，反被店家問是哪裡的外勞。我笑嘻嘻的說是馬傭，過了年賺夠錢就要返馬不留臺灣了。

俗擱大碗的大賣場

號稱世界第一高樓的臺北一〇一大樓開幕，聽說第一天就湧進了至少二十萬人，第二天是周末，人更多，三十萬。我這不愛逛街不愛熱鬧，買東西專挑別人上班時間的人，於是盯著電視仔細觀察許久。蜂擁的人群擠進的是一〇一下面幾層，他們呼吸的不是第一〇一層高空稀薄也稀罕的空氣，而是三十萬人共同吐納回收的二氧化碳。下面幾層大多是精品店，就跟百貨公司一樣，那麼，有甚麼好逛呢？上廁所吃東西都要排隊，怕小孩走失竟然用繩子牽著，跟牽畜牲似的。假日總是窩裡蹲的我無法理解，搖搖頭終於死心關掉電視。

我也無法理解假日的中壢人。從臺北搬來中壢六年，學乖了，絕不在假日去大賣場買東西。臺北人假日逛百貨公司，中壢人逛大賣場。小小的中壢只三十萬人，卻養得起六家大賣場，假日購物結帳得排隊。其中一間家樂福（Carrefour）以單層坪數計，是全臺灣最大。臺北地貴，只好比高；中壢大概地賤吧！因此比寬比大。

大賣場賣日用品和食品，如果生活不那麼講究挑剔，不穿名牌不吃精緻美食，一個星期逛一次家樂福，可以過得很安適。大賣場便宜，閩南語說「俗擱大碗」，符合精打細算的家庭主婦。大賣場貨色多，買東西的人盡可慢挑細選，又沒售貨員盯著，購物最大的樂趣不就這樣嗎？光泡麵架子就可以佔去兩三排，口味比外邊麵攤多數十種。我沒有誇張，臺灣泡麵真令外國人瞠目，初來臺灣念書時還被泡麵唬得一愣一愣，擔仔麵、排骨麵、牛肉麵、乾麵、辣醬麵、麻醬麵等等，同樣的麵又有不同品牌，跟花樣繁多的化妝品一樣令人猶豫徘徊。

學生也喜歡大賣場，我常看見大學生結伴逛家樂福，腳步杵在泡麵架前就品起味來。中壢有四所大學兩間學院共六間，恰好足以認養六個賣場。大賣場還有熟食攤，逛累了就在裡面解決一餐。精油、茶葉、手機、成衣、鞋子、鐘錶、內衣、化妝品，全在大賣場內設攤，既是獨立的個體又跟大賣場同一屋簷下，成為唇齒相依的關係。

有時我錯覺大賣場的商品不必付錢，行走的推車老堆得看不見頭臉。衛生紙、沐浴用品、衛生棉、洗衣粉一應俱全，再漫不經心也會窺見陌生人的消費隱私。大賣場都是大包裝，買一大包衛生紙可以用上個把月。洗衣粉兩公斤裝可用足兩個月，牙膏一次得買連著的三條，浴室清潔劑也是。光明正大的強迫購買，如此還能不便宜，也就可以關門大吉了。消費者可能都被買越多便宜越多的廣告洗腦，因此進寶山一次哪裡可以空手？結帳時通常滿滿一車，只買幾件反顯得怪異，對不起大賣場似的。

有些父母把小孩放進推車，爸爸推兩個小孩，媽媽推貨，一家子在大賣場玩得不亦樂乎。大人辦貨，小孩鬧到零食便住嘴，開始安靜好奇的觀望別人推車裡的小孩。日用品逛完，到冷藏部、肉品部、蔬果區、生鮮海產區再繞一繞，推車有時還嫌太小。

中壢客家人多，客家人節儉，所以不去停車要以時計費的百貨公司。這是我未經證實的推測。如果是這樣，中壢的賣場倒是算對了，停得越久買得越多，很划算，為甚麼要收費？三不五時弄幾樣特價商品，報紙電視打出行銷廣告，一到假日，那撿便宜的人潮可媲美一〇一。這樣一來，我到假日就更不想出門。也許大賣場會這麼想：可惜了，你這怪癖女人撿不到我們俗擱大碗的便宜貨。

聲色場所

朋友問路，我握著電話指引，到三菱汽車了嗎？看到僑聯家具嗎？有沒有麥當勞？全國牛排？順著這些地標就能找到梅瀧鎮。梅瀧鎮，呃！梅瀧鎮是我家後面的色情卡拉ＯＫ。

沒錯，我家後面是色情場所。這沒甚麼好大驚小怪，環中東路有三多，汽車賣場、家具店，以及理容院，我是指有特種服務的那種。跟「小姐」與三七仔為鄰這經驗很新鮮，學生聽了豎起拇指說，酷！不過，小心師丈會趁你不在翻牆光顧哦。朋友們反應比較含蓄，那，這樣不是很吵嗎？我說一點都不，他們下午開始營業，半夜十二點左右打烊，音量很節制，媽媽桑逢佳節還給我們這些鄰居送禮，直說歹勢吵到我們，多多包涵。人家很有禮貌的。朋友不信。

若非親身經歷，我也不信。住公寓時對卡拉ＯＫ深惡痛絕，被吵得快精神分裂。綺靡之聲配上破鑼嗓，聲音越破越愛現，荒腔走板還強迫收聽，頭疼在那幾年達到頂峰，有一度我懷疑自己是精神分裂了。從未到過卡拉ＯＫ的我恨透這玩意兒。那時候如果上帝出現許我一個心願，不要財富不要青春，偉大的上帝啊，請消滅卡拉ＯＫ。

奇怪的是現在與它為鄰，它卻彷彿不存在了。許多時候聽而不聞，絲毫不影響我的作息和心情。梅瀧鎮前方是塊空地，正好當停車場。生意好時，傍晚便停滿車子，我一直以為該抗議的是空地旁豬寮裡的豬隻們，以及寄居卡拉ＯＫ屋頂夾層，日日被迫聽歌的母貓鍾小灰。後來和隔鄰的上校太太聊天，她說正準備考高中的兒子被吵得睡不著覺念不下書，她疑惑的反問，你難道沒感覺嗎？

問得好，我確實不當一回事。寒冷的冬日午後，隱約的旋律冶遊在田野和豬寮之間，我甚且覺得那歌聲有種奇特的風情。有時在三樓的後書房，正好望見打扮妖豔的小姐們陸續來上班；媽媽桑若燒紙錢，不是初二和十六拜拜，便是那陣生意不夠好，她們做這行的要多燒點紙錢才有源源不絕的客人。

偶爾我聽見媽媽桑和客人講電話，連哄帶騙很有伎倆，她的聲音瘖啞低沉，卻很會撒嬌，「你好久沒來啦！沒空啊！不要讓我們小姐想太久喔！你今晚來我開瓶威士忌請你。一定，我說了算。」我每次三八的學媽媽桑說話，我家那口子說，總有一天你可以去兼差代媽媽桑的班。客人離開時的對話我也聽過多次，可以倒背如流，代班一定沒問題。想想也只能如此，我早過了當小姐的年紀。有一回坐計程車回家，司機問地址，我答說在梅瀧鎮附近停即可。他從照後鏡看我，說，你在那邊上班啊？

即便被誤解，我對這個卡拉ＯＫ仍然沒有惡意。只要它存在，鍾小灰就會三不五時來窗邊要食物，跟我們說說話。從小在聲色場所長大的鍾小灰謙和有禮，牠交的貓朋友也很有教養，顯然那地方沒太壞。何況，鍾小灰都沒嫌它，我嫌它幹麼？

卷三・飄浮書房

我喜歡躺著讀書，常常在炎熱的午後，
拿條麻包袋鋪在屋後的紅毛丹樹下，
讀累了，就午寐。
我仍然做著流浪夢，
也特別喜歡冒險故事和充滿異國風味的書寫。
愈是偏遠，愈是令人嚮往。
我總以為自己在青春期就完成了性格的塑成，
對於閱讀的興趣也一樣。
大學時期修的都是哲學的課。
自修莊子、甚至還在臺大哲學系上禪宗，
純粹是因為好奇——到底，
那些讓我覺得遙不可及的境界是怎麼一回事？
因為好奇，因為對人生這本大書的興趣，
以及對遠方和未知的嚮往，
令我終日在書本裡，尋尋，覓覓。

大小書

在鄉野長大的小孩，大概很同意沈從文說的：我讀一本小書同時讀一本大書。來臺灣之前，我在大城市待過三個月。僅僅三個月，卻讓一個八歲大的小孩從此對城市充滿了恐懼。沒有草地沒有樹，沒有玩伴沒得撒野，最重要的是，沒有水果可以摘。我一直懷疑，在臺北住了整整十年，我還常常迷路，卻在從未到過的鄉下熟門熟路，和成長背景有絕對密切的關係。

如果你是野小孩，一定知道偷來的水果絕對比較甜。可是，這是城市。即使有那麼少少的幾戶人家記得種果樹，卻會忙得忘了吃。那些忍不住從圍牆探出頭來的水果，一副招人「吃我！吃我」的熟透模樣，是多麼誘摘啊！幸好只住了三個月，命運對那個也喜歡讀大書的小孩還不壞，在野小孩還沒變成憂傷的小孩之前，很快的就把他送還鄉野。

其實，那時我並不知道自己在讀一本大書。當時最常讀的毋寧是小書，讀大書是國中時讀了沈從文，從他那裡借來的想法。小書者，是貨真價實的小人書，就像漫畫《老夫子》，父親買的《兒童樂園》、《好學生》之類的兒童讀物。

書，就是那麼幾本，我當寶貝似的放在腳踏車拆下來的籃子裡。那些書讀得爛熟後，我開始讀報紙的小說連載。沒想到國小二年級的小朋友，竟被金庸下了蠱，一頭栽進武俠小說刀光劍影的世界，對緊鄰金庸隔壁的那塊瓊瑤小說，卻一點也沒興趣。武俠小說裡浪漫淒美的愛情，我一目十行，倒仔細研究起一招一式，滿腦子高來高去的武打場面。至今我仍沒有讀過瓊瑤，卻幾乎讀遍坊間的武俠小說。也許武俠小說的背景多與山林郊野有關，而對瓊瑤，卻始終停留在城市男女戀愛的浮面印象。

那時就讀一所很小的小學，一個年級一個班。清早走半個小時的山路到學校，中午再頂著攝氏三十幾度的狠太陽回家。因為熱，遂覺得那條路變得很漫長。如果不是書包裡總有新借的書，鼓舞著疲軟的腳步，好幾次我幾乎想倒在油棕樹下睡過整個炎熱的下午，等太陽脾氣不再那麼火爆了，再走剩下的路。

其實，我曾經偷偷的想了又想，如果買個麵包果腹，帶條毛巾當地毯，就可以躲在油棕林的深處，在濃密的樹蔭下睡個飽飽的午覺，起來邊吃麵包，邊讀《西遊記》、《水滸傳》、《七俠五義》，或是《基督山恩仇記》這類小說。說不定隨時會有眼鏡蛇造訪，蜥蜴慢條斯理爬過，或是山雞打從頭上飛越，松鼠在樹葉間奔躍穿梭。可是我不知道怎麼支開妹妹，也不敢跟家裡提出這個絕對不被允許的要求。原來無法改變現實時，就想從生活逃逸和出走的念頭，早在那時就扎了根。

尤其每日與廣袤的油棕林為伍，我總想在林子最最深處，沒有人找得到的地方，蓋個房子躲起來，只要有一屋子精采的書，當個野人也沒甚麼不好。我還仔細設計過房子的結構，在繪圖紙上描了又描，其中吊床是絕對不可缺少的配備。也許這樣的念頭跟我讀了太多冒險故事有關。《苦女流浪記》和《頑童冒險記》這兩本從老家帶來的讀物，是姑姑留下的，我羨慕極了苦女可以獨自住在一個小島，自食其力的過孤單生活。夜裡躺在床上，我總是把書裡的細節模擬一遍又一遍，假設換成是我，那究竟是甚麼樣的一種心情？

我習慣把白天看的書，臨睡前再想一遍，所以總是把內容記得很清楚。國二時跟數學老師借了三毛的《撒哈拉沙漠》。只要老師轉過去寫黑板，我的眼睛就停泊在抽屜裡的書頁上；老師開始講課，我便開始幻想，整個人變得有點癡呆。如果他知道，那些書讓一個只到過新加坡的小女生，日夜都在計畫怎麼去撒哈拉，保證不肯借我。就是從那時候起，我養成了上課一心二用的習慣。一直到大學，努力蹺課之餘，仍然是一個不專心的學生，也習慣隨身攜帶一本可以胡亂塗鴉的筆記本。

國二那年在甫自臺大畢業的華文老師鼓勵下，我讀了不少書，也認識了不少臺灣作家如余光中、楊牧、白先勇、蕭麗紅、黃春明、張曉風、席慕蓉等。可是，我當時的興趣在古典文學，華文老師送我的唐詩宋詞元曲和明清小品，擺在我心裡最重要的位置。

我喜歡躺著讀書，常常在炎熱的午後，拿條麻包袋鋪在屋後的紅毛丹樹下，讀累了，就午寐。季節對時，順手可以採串紅毛丹邊吃邊看，否則一年四季都有的土芭樂也不錯。我仍然做著流浪夢，也特別喜歡冒險故事和充滿異國風味的書寫。愈是偏遠，愈是令人嚮往。

我總以為自己在青春期就完成了性格的塑成，對於閱讀的興趣也一樣。大學時期修的都是哲學的課。自修莊子、甚至還在臺大哲學系上禪宗，純粹是因為好奇——到底，那些讓我覺得遙不可及的境界是怎麼一回事？因為好奇，因為對人生這本大書的興趣，以及對遠方和未知的嚮往，令我終日在書本裡，尋尋，覓覓。

不瘋良藥

老實說，閱讀與寫作並不是我的最愛。

以前沒膽這麼說，現在漸漸願意坦承，因為發現自己竟別有長才，閱讀和寫作的樂趣一下給比了下去。這兩件事是對孿生兄弟，要了一個必得連帶收養另一個。出名很早的天才作家張愛玲似乎說過別無長才因此寫作的話，這話出自名滿天下的她可真是得了便宜還賣乖。對我而言，閱讀和寫作恆是伴隨無奈和煎熬的。除了我爸，我再沒遇過比我更沒耐性的人，偏偏閱讀和寫作這兩件事都需要耐心。最近一年來，寫作常令我暴烈和不安。無法成為全職作家，生活裡隨時有源源不絕的煩雜事。碰上論文截止，以及備課不及之時，寫作就是我的導火線。這時候即便要影印文件，或者提供照片這類雞毛蒜皮小事也會惹毛我，更別說要做菜燒飯。因此一旦寫東西，生活就非常沒品質，睡眠和飲食失調，整個人變得神經質。

投注大把時間伏案，最大的意義是磨練耐性，而我的肌耐力遠比耐性好太多。我可以在球場待上五小時，卻無法在電腦前花上這麼長的時間猶覺精神愉快。尤其經過幾個月的體適能有氧瑜伽訓練之後，我不時後悔的想，當個有氧老師比教中文系有趣，也比寫作好玩多了。我的運動細胞一點不輸創造力嘛！而且動手動腳比動腦令人愉快。原來我竟喜歡當個不動腦筋的廢人。這才恍然，為何跟教書或是學術相關之事，包括備課改作業，以及沒日沒夜的閱讀資料趕論文令人心浮氣躁。我喜歡勞作，舉凡種花種菜，打球爬山，或是有氧舞蹈，總之不須絞盡腦汁想破頭的體力活動皆多多益善。它們不像寫作讓我頭痛，也不必黏在椅子上，就一個姿態弄得腰痠背痛。不過，唉！現在才發現，是不是太晚了？

看來我似乎很討厭閱讀和寫作。並不。它們其實是讓我不發瘋的良藥。日常生活裡我需要一種力量安定自己，寫作令我神經質，卻也同時釋放能量。內在的火山活動太頻繁，寫作的功能是發掘焦慮。發掘焦慮便是發現自己發現世界，寫作很像無數小地震，每震一次我便獲得短暫的震後寧靜。

有氧老師說我充滿爆發力；同樣的話某位研究所老師也說過。在寫作上不知道是不是，沒有人會告訴我，這事得我自己去發現。

我對很多事不在意，因為閱讀和寫作耗掉太多力氣，它們把我的平衡打亂，又重新還原。我曾多次在睡前讀書太入神，因而徹夜難眠；寫稿以致頭腦太活躍而睜眼到天明；或者在半睡半醒之間遊走。懊惱的是，這樣用寶貴睡眠換來的寫作成果很少令人滿意，重讀之時大段大段刪除。寫作這事實在磨人，我大概有點被虐傾向。這幾年它磨我磨得厲害，我還是捨不得拋棄它，當然也捨不得拋掉它的孿生兄弟。

乏味極了

冬天舒不舒服，好不好過，得要先問問鼻子通不通氣。

過敏體質的人一定同意。鼻塞很難好眠，入睡了尚且一夕數醒。打噴嚏，擤鼻涕，張口大力呼吸，像擱淺的魚努力搶吸氧氣。用口呼吸久了，難免唇乾舌燥，只好多喝水，多跑廁所。如此反覆折騰，往往睡意全消，夢境破碎。聽著逐漸喧擾的人車雜聲，睜眼等待曙光，衛生紙早堆成小山。

鼻塞不是大病，卻是難纏難治的富貴病，很嬌，稍有風吹草動，溫度起伏，立刻發作。偏偏臺灣冬季濕冷，中壢郊區朔風野大，只好終日齉聲齉氣說話，好像鼻子裡藏著蜜蜂，連歌都哼不出來。朋友打電話來，總以為我感冒。噴嚏和吸鼻子成了錯用的標點符號，嚴重時一句話逗號和刪節號齊下，聽的人往往捉不住重點，NG重來，一件小事說了半天，對方抱歉，我也很挫折。感冒實在沒有過敏苦，那是小病，休息幾天就好。我這鼻子，說起來咬牙切齒，常有剁之而後快的念頭。

長期抗戰下來，仍是敗兵。即便夏天，冰箱食物一律絕緣，連水果都得先解凍。再渴，對著沁心涼肺、豔美的冰西瓜，亦只能忍。別人捧著大碗紅豆冰涼呀涼地吃著，或是津津有味舐著冰淇淋，我只能喝著熱騰騰的花果茶，默默流汗。這樣數年仍舊無效，後來，所有寒冷瓜果都忌口，到了了無生趣百無聊賴的地步。也曾經鐵下心腸不顧生冷，最後真的自食其果，立刻現世報。噴嚏一連幾十個，人貓皆遠躲，眼紅鼻腫狼狽不堪，只好到診所求救。

流鼻涕不算，最近竟還流起鼻血。

這經驗和畫面有些恐怖。一覺醒來，睡眼惺忪往鏡子前一站，血流滿面的恐怖片鏡頭，硬是把八分睡意嚇走七分。有一次上課正在教訓學生作業如何馬虎疏懶，忽見學生面有忸怩之色，怯怯的說，老師，你流鼻血。壓得低低的笑聲，從全班各個角落吃吃傳出。本來不想看醫生，健保卡都用到D卡了，很沒面子。但是仔細一想，上課流鼻血實在不雅，只好又到診所。醫生還是那句老話，鼻黏膜太脆弱，噴嚏打多了，就會流血。說到底，仍是過敏惹的禍。

過敏難治，完全因為它得看老天爺臉色，實在奈何。難得那麼好性子伺候的鼻子，卻從沒給過我好脾氣。今冬忽冷忽熱的天氣著實令人難堪，衛生紙消耗疾速，不合環保之外，外加嗅覺失靈，食之無味。勞神耗時弄了一頓好飯，最後食慾全無。

娑婆塵世色聲香味觸五種享樂中，這下去了兩樣，活著還有甚麼想頭？因此常常對著一桌好菜苦笑。其色極美，然而食之無味，聞之無香，吃來幹甚麼？特別是嘴巴嚼著食物無法呼吸，令人橫生窒息恐懼。別以為好湯喝下，鼻子必通。大謬！熱湯奇怪的只會令鼻塞惡化，屢試不爽，不知道是甚麼道理。

我養了不少花，有香氣的計玫瑰十盆、風信子兩棵、文心蘭一株。文心蘭和玫瑰的香味完全聞不出來。把整個鼻子埋進碗大的玫瑰芯裡，仍舊索然無味，別人香呀香地稱讚那白花紅花如何香法，我只好美呀美地誇耀花容。還好濃香的風信子爭氣，總算在鼻塞不那麼嚴重時，若有似無地聞到一些，覺得很幸福。然而只要吃飯時間一到，立刻覺得，活著，實在乏味極了。

回家的理由

每次回家，都得找理由。找一個非得回家不可的理由。

這樣說很奇怪吧？十二年了，一到寒暑假，我就要為這個問題煩惱。家人會輪流用這個問題砸我。名副其實的「砸」。五個妹妹一個弟弟，除了沒甚麼話講的弟弟，我要接受包括爸媽在內，一共七個人的疲勞轟炸。如果要回，那很簡單，告知回家的時間就可以。如果不回，唉，便要交代原因，解釋為甚麼，以及預計下次回去的時間。回答問題時，要先想好藉口和說辭，要字斟句酌。小心，千萬不要洩漏不想回家的念頭；要羅列一串事情表示自己很忙，並且語帶愧疚。

回家，有那麼困難嗎？回家難道不是必然又自然的事？

問得好，我反省很久了。一切，要細說從頭。

清楚記得離家那天，是一九八八年九月二十五日，中秋節。天色陰。有雨。隔了十二年回看，終於明白那次離家的意義。在闔家團聚的節日離開，且堅拒家人送行，十九歲的我，其實早早選擇了一條不歸路。多年後父親仍然為這事耿耿於懷，因為聽說來臺的一行十八人，都有家人在機場陪著。同學的父母親還告訴他，我獨自推著大行李在機場行走的模樣，令大夥很不忍心。父親為此歉疚許久。我聽了卻真高興，覺得當初的堅持值得。

這群有父母送行的同學課業結束，先後返鄉定居，留下無人相送的我。十二年來，一共回家七次。這實在不是甚麼光采的紀錄。不少人聽了都拿一種眼光看我，那嚴厲的眼光翻譯出來是：你真不孝。更多的人問：為甚麼？

為甚麼？絕對不因獨我無人送行。如此反而落得輕鬆，最怕依依不捨，分明沒甚麼離情，還要裝作傷感，多令人為難。論距離，從臺灣到馬來西亞並不遠。四小時的飛行，就像開車從臺北到高雄。搬到中壢後，到機場只要二十分鐘，回家更簡便。飛到紐約要十幾個小時，我不也興高采烈上了飛機？當然更不是錢的問題，一萬多塊的機票，寫幾篇稿子就回來了。沒有時間嗎？扣掉有事可做的餘裕，寒暑假足可回去一個多月。即使不是寒暑假，我也擠得出空檔出國遊蕩。

總而言之，就是不想回家。

即使回家，也盡量用最快的速度離開。或者，回家期間開溜，坐一小時半的火車到新加坡度兩天假。照例不跟新加坡的兩個姑姑打招呼，我喜歡住旅館。旅館多好，令人覺得無拘無束，覺得自由，就像在旅行，身處與日常生活沒有連結的空間，格外放鬆。

回家既不是旅行，也不是我的尋常生活，好像掉到一個熟悉的陌生空間，和熟悉又陌生的親人相處，有一種說不出的不安，令人無所適從。不能過日常生活，也不能像旅行那樣，睜開眼就丟下一房的凌亂隨性行走。我得配合家人作息，在自己的行李箱中找換洗衣服，睡一張陌生的床，晚上被家裡的狗吠醒時，失眠到天明。或者輾轉許久終於入睡，一早卻被那隻叫喵小的老貓，用破破的喵聲叫醒。迷糊中先是陌生的鳥叫，混合著洗衣機的旋轉，然後是食物的氣味。總是耳朵和鼻子先醒，接著才是意識，努力思索自己在哪裡。醒了，再累也不好意思賴床，母親可是早起做家事的人。太久才回家一次，弄得自己跟家人像客人。如此惡性循環，就愈不想回家。

每回一次，我得努力去連接不在時的空隙，尋回從前的相處方式，在親人和客人之間，找一個自己立足的位置。分明身處相同的空間，人也不變，感覺就是不對，對話也變得困難，離家期間多出來的可愛小外甥反而最好應付，幾顆糖就被我收買了。我抽離的這段日子，他們過著連續的生活，而我的是斷裂了，留下中間那截尷尬的空白。大夥團聚的時候，只好當聽眾，聽曾是熟悉的人講陌生的事。我總是在問細節，要把家裡發生的大小事縫合起來，把斷裂的時間重新接好。於是，變成一個專門打岔的人，久了，自己也索然。

第一次回家是大三暑假，離家已三年，近鄉情怯。返家日期倒數一個星期就開始失眠，自此立下回家即失眠的惡習。第二次回去再隔三年，匆忙結婚。從離家那年開始，再也沒有機會在自家裡過除夕。返鄉過年因此對結了婚的女人其實沒甚麼意義。去年暑假論文寫完，本該回家，我也拖著。最後父親明講：算了，不想回來就別回來。我像收到聖旨，趕快說過年一定回。

「我要回家了」變成跟「狼來了」一樣，家人早習以為常，其實已不需要藉口。雖然曾答應回去過年，那隻狼，今年依然決定等年過了才出現。這次回家的理由是：與素未謀面的兩個外甥女打聲招呼。一年半前回家，她們一個仍在四妹的肚子，一個尚未搬進三妹的子宮。

有禮

收到禮物應該是快樂的。無論吃的用的，或者無用、卻足以取悅眼睛的擺飾，收禮其實就是收取愉悅。就有那麼一次，我收到的是，呃！一個錯愕。那是個坐船遠道而來的海外郵包，錯愕裹在層層疊疊的包裝紙裡。邊拆禮物我邊想，甚麼易碎的好東西，包得那麼嚴實，像拆炸彈似的。送禮的人必然以為這是一份絕妙好禮，費了許多心思在又摔又扔的運送過程裡，讓它完好送抵。

謎底出現，我當場傻眼。

是個洋娃娃。

金髮大眼著長裙的娃娃，眨著長睫毛，對我露出甜美的微笑。因為錯愕，我很無禮的任她躺在那堆廢紙裡繼續微笑。這份禮物，二十幾年前就該送達了吧？一時之間我有些時空倒錯。三十二歲，第一次收到童年時夢想、卻從未擁有過的娃娃，我該感謝朋友彌補了這個缺口，還是直接告訴他，我並不喜歡這個人模人樣的玩偶？

因為是禮物，是別人的好意，這人偶遂變得燙手。寫過幾則跟布偶有關的文字，朋友讀了覺得好玩，以為我童心未泯，逛街時看到這麼一個娃娃，便買了寄來。他不知道，我只喜歡動物造型。老實說，這禮物很別致，帽子和裙子的車工細緻，連小褶縫都很講究。波浪形的大鬈髮很軟，閒散垂肩，眼神望著遠方，神祕而迷濛，怎麼看，她都是個嫵媚的人偶。

可是，我就是無法喜歡她。

難道是因為小時候的渴望未曾滿足，現在即使擁有，也失去喜歡的能力了嗎？還是我根本有自虐傾向，想用那個傷心的缺口證明童年並不快樂？因為最近老被指責習慣性逃避，不肯老實面對自己，這次我想藉由這錯愕之禮，找出強壯的理由，一則表示自己知錯能改，二則也好說服自己同時說服送禮的朋友，不喜歡人偶禮物，不是禮物的錯，是童年的過錯。

我把人偶放在桌上站了兩天，一進書房就嚇一跳。最終放棄。算了！這世上哪有甚麼非得想清楚不可的事，犯不著虐待自己。何止不喜歡，我簡直懼怕這似人之物，她的嫵媚微笑只會讓我想起恐怖片。印象中有那麼一部娃娃殺人的可怕電影，讓我一看到這人偶就發毛。只怕理由還沒想出來，便給嚇死了。何況，我家布偶委實太多了。有一回鄰居跑進來，看到牆腳一字排開的小動物，譁譁大叫，你怎麼還在玩這個？父母親來住，睡前得先把床上的玩偶統統挪開，接著像小時候逛街時，在人群裡數我們家七個小孩那樣，很認真的數了數結婚照片底下的動物群偶，搖搖頭，說，不生小孩，玩這個做甚麼。

不生小孩也能怪到玩偶頭上，甚麼邏輯？不過，那二十六隻玩偶裡，唯獨缺了洋娃娃。其實我很想，卻不敢問父母親，怎麼從來沒想過給我買個洋娃娃？小時候女孩們人手一個，獨我沒有。後來我老混在男生堆裡，上山下河，打架偷果子，從大自然裡找到更瘋的樂子，成了貨真價實的野孩子。

我在國際電話裡跟朋友老實告解，他聽了大笑，說，那轉送別人好了。轉送禮物委實無禮，對送禮的和接受禮物的人都過意不去。掛上電話我很猶豫，乾脆把娃娃鎖在衣櫃裡，禮收了也沒駭著自己，這樣兩全，統統有禮。

沒有手稿的年代

寫作的初期，稿紙是生活裡最親密的物件。

有人說念中文系等於出嫁到稿紙裡去，雖然誇張但也離實情不遠。尤其到了學期末，書包都藏著一疊疊自行裝訂好的報告，封面上或是狂亂的草書，或是端肅的楷體，厚厚二十來張稿紙訂成一本。想起來謄寫報告的日子還真可怕，一場又一場文字的大遷徙日以繼夜地進行著，從初稿移師到定稿，常有抄錯小徑或臨時更改方向的狀況。夜深時在書桌前抄抄謄謄，我常常覺得就這樣抄掉美好的時光，實在有負花樣年華。

念了碩士班，我才興起學打字。當時 Word 3.1 已經是最先進的應用軟體了，可是輸入法卻是一場很不合理的倉頡遊戲。偏旁與偏旁的分解再整合，複雜得令我卻步。高中念的是商科，因此英文打字得心應手。中文打字卻著實令我頭痛，隔了很久才硬著頭皮去學簡易輸入法。因為報告越來越厚，散文則越寫越長，在稿紙上塗塗改改的力氣和時間，讓我不得不把電腦學好。

在那個電腦尚不普遍的年頭，每當我交出一卷工整潔淨的列印稿，總是有人問起：到底是先寫好草稿再鍵進去呢，還是邊想邊鍵？我不想回答這些問題。我有一肚子冤屈。

原來名叫「簡易」，或稱之為「速成」的輸入法，是一種不合理的拼字遊戲，常常拼得我一肚子氣，氣沖腦門便瓦解了思路和靈感；有時不小心按錯鍵或者無故當機，還真想把手中的筆記型給砸了！只好不斷說服自己這是過渡期，為了即將面對的碩士論文，我必須練出足以降服十萬字篇幅的巧指。

在新店的山上，那部勞苦功高的筆記型，陪我度過第一個極度濕冷的冬天；單薄的螢幕，堆積如山的書，厚厚的大外套裡還窩藏一隻被寵壞的貓。我一邊泡茶一邊讓莫言小說和巴赫汀理論在硬碟上交戰。存檔時特有的運轉聲，像是鳴金收兵的軍令，又像章回與章回的交替，整部論文隨著硬碟的動靜來作息。兩年後，我寫散文也不用筆記本打草稿了。和論文一樣，我也可以邊想邊鍵，在語法的變化和句子的調度上儘管十分方便，卻也悵然若失。到了現在，幾乎沒有電腦就寫不下去，我甚至擔心腦袋會成為硬碟的殖民地。

彷彿才把輸入法學好，就已經進入網路的時代。電腦不再是一部乖巧的中文打字機或排版器，而是腦袋與腦袋的交談工具。雖然身邊某些友人很迷此道，但我卻刻意錯過BBS的熱潮。交談是一件多麼耗神的事，何況面對的是陌生人。可是網際網路就不一樣。上網簡直像在逛街，無聊時東逛逛西逛逛，赫然發現網路世界原來是這般寬廣；那一大串的資料庫和文學網站，替我省下許多來回奔波找資料的時間。至於e-mail的便捷性，在我和友人跨國編選一部馬華文學選集時，發揮了它至高無上的作用；原需十日來回的信函，縮短成幾秒。可是，電腦也同時用效率換走了我等信和寫信的樂趣。我的字因此越來越醜，越來越醜我也就更加不想寫信。

有人憂心忡忡地提出警告：將來不再有所謂的作家手稿了，創作的歷程全都消失在硬碟的複寫動作中，每一次修訂後的存檔都是一次原貌的消除。我因此格外珍惜那十幾本潦草的塗鴉，還有好幾箱信件。等我死後，如果有人發現它們，他們會憑弔曾經屬於我的手稿年代嗎？

想像退休

對「工作」二字向來沒有好感，我的個性，根本就適合當無業遊民。至少，勤奮與合群，紀律與嚴謹，都讓我頭痛。偏偏，我的工作最需要的，就是這四項。

我在一所很有衝勁的大學任教。穩定的薪水，虛榮的頭銜。許多人一聽我在大學教書，立刻換上羨慕的表情，給我扣個又重又大的「教授」帽子。如果再進一步得知我的任職所在，大都會露出「錢好多的學校」那種令人不知如何反應的笑容。教授的附加價值如何，我並不在意，倒是每個月一筆固定的薪水，讓我衣食無憂。可是，我得違反心性跟那令人頭痛的四項要求搏鬥，又因為在一所極為重視研究成果和教學成效的學校，老處在備戰狀態，為此常常疲憊不堪。

四年了，我仍然反覆質疑，到底，這為的是甚麼？

國小寫過一篇題為〈我的志願〉的作文。自信作文極好的我，卻因這篇誠實的文字，被老師當著全班同學修理了一頓。原文如何不復記憶，大意是「我的志願是嫁一個有錢人，可以飯來張口，茶來伸手」之類的。我的想法很簡單，只要先生有錢，就可以不必工作，一切家事由傭人代勞，自由自在玩樂，做自己的事。

那時不過五年級，母親懷著弟弟，底下五個妹妹。全家的焦點都落在母親的肚子上，深恐又是女孩的焦慮，讓家裡十分低氣壓。母親的情緒和健康同樣不穩定。長姊如母，家事大都落在我身上。老大沒有訴苦的權利，只有盡責的義務。偏偏早熟，提早明白世間許多無奈，卻不懂安置早來的憂鬱。鄰居說我懂事，只有自己清楚，那個洗衣做飯的女孩多麼想從現實逃逸。那篇被斥為沒出息，讓我在同學面前抬不起頭來的文字，不過是小小的叛逃和祈求。

我並沒有如願。在這所大學教了第四年，我彷彿得了精神分裂。星期一到星期三排課，我必須時時提醒自己，得努力扮演社會要求的角色，在講臺上盡忠職守。這三天得把壞脾氣和孤僻藏好，像盆栽那樣把怒張的根乖乖塞到盆子裡，當個安分的老師。遇到不順眼的事就把眼睛瞄到他方，學校到處是可愛的綠意，多看點綠色保養眼睛，又何必動氣榨乾自己殘存的青春？

在學校我得隨時保持微笑。解答問題。寫講義。印資料。開會。避開討厭的人。跟男學生保持適當距離。離開學校時，總是精力耗盡，再也不想開口講話。回家事情並沒有完，總有學生通過電話或 e-mail 繼續他們對老師的疲勞轟炸。從好處想，是學生充滿求知慾和上進心。他們覺得老師並不討厭，討論課業之外，還可以聊點心事。我接收了學生拋出的人生問題，像個資源回收筒或是垃圾箱，卻不知道該把自己的垃圾扔到哪裡。我愈來愈疲憊，恆常期待假期，想像退休的無業狀態。而且，常常頭痛。

所以我特別喜歡一個星期的後四天，不必到校，假想那就是飯來張口茶來伸手的日子。雖然要備課、改作業，依然有躲不開的電話和 e-mail，到底可以喘口氣，讓我讀書寫字，抽換內心的廢氣，縮回意識的螺殼，把分裂的自己再找回來。有時我會拔掉電話，專心的聽風唱歌，用一整個下午記錄雲的速度和姿勢。

就像此刻，一陣西風吹過，小葉欖仁無所事事的攏蕩，金合歡放肆招搖，一隻鷺鷥正好飛過翻滾的稻浪。而我，坐在電腦前面，再度開啟退休想像。

飄浮書房

不確定那算不算寫作。我是指一些零亂片段的想法，在日常生活的夾縫中閃現，被逮住留在筆記本。突然且匆忙，因此字跡通常潦草，旁人絕對讀不出那些扭曲的泥爪，隔了些時日，甚至連自己也難以指認。

到底通往福隆那班火車裡，甚麼觸動了我非要留下印記？陰沉的上海旅舍，我在昏暗的燈光下用劣質的信紙沙沙寫下情感的起伏。為甚麼那麼忿懣委屈？十天後回到中壢，我對著滿紙陌生的情緒十分疑惑。還有，返馬時的焦慮。每次回家，我總是莫名的浮躁，躲在跟旅館一樣的房間裡用鉛筆胡亂寫點甚麼安撫自己。或者一個陽光流金的秋日，在研究室推開批改著的作業，寫下徒然的牢騷。那些漫無章法的思緒和塗抹如果算是「寫作」，那我的書房便是流動的多變空間。那些尚未成形的寫作胚胎，通常無法順利長成有血有肉的鴻文便胎死。

我在電腦前敲打出的，別人可以解讀的文字，只能在整齊的書房裡，沉靜內斂狀態下完成，連背景音樂都不能放。可以無視於社區小鬼們高分貝喊叫，以及隔壁書房的滔滔電話，只要情緒平穩，頭不痛精神不差。所以在別人看來，我只能在書房寫作。然而我私心的把準備狀態視為最重要的寫作過程，那些移動中的慌亂，無法控制的情緒起伏，難以辨認的潦草文字，都是我的史前文明。

春天沒來

春天的北臺灣拖著冬天尾巴不放，陰霾多雨的低溫天氣又潮又黏。杜鵑和流蘇開得燦爛而放肆，神色卻掩不住落寞。這陣子臺灣人有眼沒心，無心花事；他們沒患花粉熱，卻紛紛得了選舉症候群。老師上課滔滔談選情，兩個小時過去正好下課。學生和老師顏色不同，就在課室開罵，夫妻也因此反目，兄弟失和。這是一場生死決戰，到處都有人拉票，陌生人因同為一或二號的支持者而成拜把。許多在外的學生被家長徵召返鄉投票，也有學生說媽媽送她一臺三萬塊的新電腦請她一定投誰。天天有許多拜票信件塞爆信箱。瑜伽班上有位朋友來拉票，我說我是外勞沒投票權，她不死心的問，那假設你有投票權，要投誰？

這實在苦了我這第三者。好不容易挨到選舉結束，預期的尋常日子沒來，卻掀起更大的波濤，每一通電話都陷在選舉的泥沼出不來。最近電信局想必賺翻了，約稿的、借書的、開會的，最後話頭全接到槍傷、驗票、抗議、遊行、愛臺灣、選舉無效、陰謀陽謀等話頭上。這陣子的電視收視率飆得特高，二十四小時的電視新聞和call in節目從選前三個月沸沸揚揚預估情勢、選情分析，選後仍然沒完，真正的好戲這時才開始上場，記者、主播和主持人全忙得人仰馬翻。他們終於對許純美和如花失去興趣，這兩個女人畢竟不敵選舉，邊看邊罵又邊看這兩個作態噁心女人的臺灣觀眾鬆一口氣，撇開雜碎八卦開始關心國家大事。

我這沒投票權的外人分外無辜，朋友都覺得我與選舉無關，立場中立，是最好的傾聽者，因而成為壞心情爛情緒的垃圾桶。望著壓得很低的灰色天空，我接起電話，小心避開地雷，我說不要談選舉了我是局外人。你是外國人沒立場嘛，你就聽聽一個苦悶的臺灣人心聲不行嗎？朋友非常不爽，她一定很憋很鬱卒。自從三二〇後，全臺灣有一半百姓陷入情緒低潮，醫院的憂鬱症躁鬱症病患激增，我的朋友不是個案。竟然叫我們滾回中國去，我們不是臺灣人嗎？語氣激動情緒開始上來，我嘆一口氣，唉！接下來是預期中的謾罵，以及非常專業的選舉分析。

很少有哪個國家百姓對政治這麼狂熱，臺灣人的政治歇斯底里或是政治偏執真正讓我開眼界。

開票結束那晚我在大街上晃蕩，真是好極了，整個中壢車少人稀，交通順暢無阻，跟過年的清靜太平光景一樣。雙方支持者經歷了開票過程那場三溫暖，情緒大概還在起伏，有心玩樂的就數我們這種第三者。行過雜糧舖，兩個衣著邋遢看似家庭主婦的女人正大聲唾罵。我立刻加快腳步。很怕她們氣過頭把我攔下來問，你支持誰？說！選完的第三天，我在學校女廁聽到兩個小女生討論要買哪一種喇叭，下課了她們打算北上支援總統府的抗爭，挑支嘹亮點的好去「嗆聲」。離開廁所時她們氣憤的高八度聲音追出來：「一定要抗爭到底」，我立刻落荒而逃。

我還想逃的是霸佔所有新聞臺的選後新聞。近十個新聞頻道，千篇一律的選舉雞毛蒜皮，原本國際新聞少得可憐的新聞臺這下可好，臺灣名正言順取代天下。電梯、服飾店、餐廳，每個生活的角落都籠罩著選舉的陰霾，天色也是。打從投票那天開始，雨水一直沒停，太陽久違，空氣散發著霉味。腐爛的沉悶氣息壓得人透不過氣，絲毫沒有春天氣息。我想，春天大概不來了。

快速逃離

朋友抵死不信我在臺北生活了十年。我極力辯解，舉證歷歷，幾至氣急敗壞，他竟苦笑起來。雖然洩氣，也不得不承認，臺北對於我，只是由和平東路、師大路以及羅斯福路組合起來的陌生都市，再遠一點，勉強加上和師大路平行的永康街，剩下的，都退化成模糊朦朧的背景，盡是些浮光掠影，十分依稀彷彿，直到搬離臺北，仍沒弄清楚那些迷宮似的大街小巷。我對臺北的認識和記憶，只是那恰好成Z字形的三條路，它們清晰浮離在臺北地圖上，彷彿青春的圖騰，濫情一點的文藝腔說法是，我的青春都埋葬在這潮濕的盆地了。

嚴格說來，我只在臺北的心臟地帶住了四年，後面六年落腳臺北盆地邊緣的新店山上，只不過工作和讀書還是沿著那條Z字，看來像是大學生活的延伸，也是我與臺北聯繫的方式。女生宿舍旁的師大路紅塵滾滾，住宿舍時桌子上的灰塵依日計算，書架一個星期不擦，便要塵封。在人潮和車陣中穿梭的大學四年，毫無生活品質可言，抬頭總是灰濛濛的天空，來自熱帶的身體越來越憂鬱。髒濕空氣之下，心情怎麼可能開朗？我對這壅塞的城市完全沒有熱情，也失去探索它的興趣，生活就沿著Z字慢慢拖行。大學畢業，臺北送我失眠、鼻子過敏和神經衰弱這三樣紀念品，外加碎而快的走路節奏，以及十幾箱書。

Z字的起始點分別是師大和臺大，外加以這兩點為中心的書店、麵包店、咖啡館，以及許多從外表看來很有格調的各式餐飲店。那四年最愉悅的事，便是逛書店。只有書可以安頓一顆浮躁的心。我在臺大旁聽幾門課，下課之後便在書店消磨。聯經、桂冠、書林、唐山一家一家逛過去，也常流連羅斯福路和新生南路口的「香草山」。不起眼的小舖，橫著綠色的斗大店名，以及山的圖形。第一次進去打算喝杯青草茶，卻發現狹小的空間裡盡是些冷僻的書，尤多詩集，原來不是冷飲店。冬天的陽光靜靜躺在書店門口，照不到陽光的店裡涼涼的果然像喝下沁心潤肺的青草茶。這樣的書店當然沒開多久，很快那裡變成「雞婆雞飯」，賣起快餐。熱鬧的街市哪裡容得下

「香草山」這樣清涼安靜的所在？

書店之外，那裡有許多氣質獨特的咖啡館。帶著距離的好奇眼光觀察那些有著明亮落地玻璃的咖啡館，無法想像在音樂、人聲、菸味以及食物的氣味中，寫稿如何可能。在咖啡館抽菸寫稿，多麼布爾喬亞，這是外人對作家的刻板且浪漫的想像。我討厭菸味，且不喝咖啡，再有名的店就止於街景，無法成為生活或心靈的一部分。只能遠遠的觀望，那也是我觀察臺北的姿勢，臺北和我，永遠橫著一道跨不過的鴻溝。我們的個性太分歧，它無法接納我，我也拒絕成為它的一部分。宿命的是，搬離臺北六年，仍離不開那熟悉的Z字，只要北上，吃飯、剪髮、逛書店，來來去去仍是那三條路。彷彿大學生活沒完，青春未走遠，我仍執意的過著那永不完結的大學生活。

然而仍不明白走在臺北街頭為何老是有些惶惶然。臺北令人心神不寧。這麼多年來觀察臺北人走路和交談，以及藏得很好乃至沉鬱的表情，卻始終找不到答案。臺北教會我快節奏走路，結果我用更快的節奏想要逃離它。

遙遠的月光

兒時非常喜歡中秋，對提燈籠的興趣大過吃月餅。農曆七月未過完，鬼的魅影尚在，商家早已把花豔奇巧的燈籠掛起，灰撲撲的雜貨店突然變得光采奪目，精神起來。學校的美術課也會應景教小孩子糊燈籠。材料就是鐵絲和玻璃紙，我的拙手糊出的燈籠只能應付功課，從沒膽子提出去和夥伴爭奇。然而每年還是期待。平時一過七點，大人便把我們關家裡，作業寫完早早睡下。只有中秋夜，小孩方有成群出遊、放肆笑鬧的機會。天才轉黑，夜遊便迫不及待開始。暗夜行路對小孩而言，有種說不出的新鮮刺激。這一年一度的盛會大概僅次於過年放鞭炮。搖曳的燭火把夜劈開，人影和燈籠影搖晃著前行。瘦瘦的燭火總是很快燒完，我習慣隨身攜帶一盒五彩蠟燭，走遠了要回家去取，多麼敗興。夜風中行走兼照管燭火不易，滅了便得跟同伴借火，稍不小心便火燒燈籠。

那時雙黃月餅在我家可是物以稀為貴，難得買一盒單黃的，一個月餅切成小小八份，還不夠眾口之家分食。薄薄一片黑豆沙月餅鑲著指甲大的蛋黃，八片也不是片片鑲金。沒搶到蛋黃的可哀怨了。父親難得發揮他少有的幽默，拿來鹹蛋一個，黑豆沙月餅一個，說，哪！一口鹹蛋一口月餅，不是一樣嗎？

現在雙黃一點都不稀罕，我卻開始懷念純黑豆沙或純蓮蓉餡月餅了。商家們費盡心思開發新口味，放了枸杞何首烏的養生月餅跟吃藥似的，不吃也罷。冰皮月餅吃得滿嘴粉，像吃生麵粉。水果口味最不倫不類，味道很假，換成是父親，他會說，一口奇異果一口月餅，不是一樣嗎？另外還有XO醬口味。創意是有的，然而創新和美味不一定劃上等號。我還是愛吃油黑發亮的廣式黑豆沙月餅。在臺灣十幾年，吃過的黑豆沙餡大多是暗紅的，不黑也不亮，色相不美，且乾澀難下嚥。這年頭大家都怕肥，少油少糖，連帶也少了滋味。馬來西亞有種月光餅，白白圓圓，像月亮，中秋拜神必備。月光餅中間夾一層薄薄的糖霜，餅是甜的，糖霜更甜，我家姊妹都不愛吃。母親每天掰一小角落慢慢吃。等到月亮缺了，餅也長霉了，只好丟掉。母親總是說好可惜，應該吃快一點的。

今年訂兩盒月餅送社區管理員，自己沒吃，倒是買了三十幾顆文旦，排滿小客廳的方桌。那個角落因此一整天散放著清香。我每天吃一顆像吃維他命，忽然閃現母親打開碗櫥吃月光餅的景象。文旦沒有怡保的柚子好吃，水分不足，香氣也不夠，倒是個頭比柚子小，一次一個正好。臺灣的朋友聽說馬來西亞華人中秋提燈籠，一臉訝異表情，說，不是元宵才提燈籠嗎？是不是弄錯了？

即便是錯，那也是美麗的錯誤。我反問，那臺灣人在中秋節烤肉，是不是也弄錯了？七月一過，大賣場開始賣烤肉架；中秋前幾天，則強力促銷醃好的烤肉，以及各種烤物。連菇蕈類也能烤？對我這厭惡烤肉味的化外之民而言，真是匪夷所思。中秋夜，家家戶戶在門口低頭猛烤，大人小孩都在搶食，誰有空理會頭上的皎潔月光？一家烤肉萬家香，萬家烤肉時，我只好關緊門窗。如果從月球看，那晚臺灣的天空必然烏煙瘴氣。

忽然非常想念遙遠的月光。

秋之味

時序入秋，我便開始恍惚。年年這樣，在飄浮狀態中緩緩滑入冬季，緩緩被寒流喚醒。秋收冬藏，秋天於我往往卻是一事無成的閒散季節。上課之外，大部分時間對著金黃陽光出神，腦海裡似甚麼都沒有，也似甚麼都有，心極靜極沉，像一只熟得恰好的紅柿，一串黃到巔峰的香蕉，水分飽脹的秋梨，滿樹棲止的黃葉，我亦化身秋物，在短暫的秋裡憩息。

剛來臺灣時不很明白，為甚麼單只秋季如此？馬來西亞四季如夏，我的情緒從未因季節的牽引而波動。某日清晨，我躺在地上練瑜伽，沁涼空氣中飄來隱約的熟甜之氣。嗅聞一陣，旋即發現蹲在小客廳矮几上的文旦成熟了。中秋節前跟鄰居買的，一大麻袋二百八十元，算算一顆十元左右，是鄰居的父母在苗栗山上老家所種，它們如今在矮几上排排坐，一放轉眼一個半月。

起先，它們揮發一種青果之味，微酸微澀，清香而已。放著放著，酸澀隨著水分蒸發，突然有一天，轉為甜熟之味。

是了，這是秋天。天地間盈滿一種甜的，專屬於秋的成熟氣息。

從文旦以後，我的味蕾發現時蔬瓜果皆散發著金秋的溫潤好味道。夏天易爛的葉菜類存放時間變長了，根莖類如蘿蔔、蓮藕、馬鈴薯變得更甘脆。切白蘿蔔時忍不住邊切邊吃。很難拒絕蘿蔔那辛辣中的清甜誘惑，生吃尤顯滋味，常常吃著便不由得要感恩。偶爾上傳統市場買點水果和肉類，蔬菜則由瑜伽班同學代買，一星期送一次貨，一次十幾種鮮蔬滿滿一大袋。這家有機蔬菜把我的味蕾養刁了，傳統市場的菜蔬再怎麼新鮮就是少了大地的風味。特別是經過南風加持之後，我心甘情願墜入只動感官不傷腦筋的安逸生活，吹著涼風浴暖陽，再品嚐秋天賜予的好禮，忍不住要歎，哎！這人生。一年之中就數這個季節天時地利最適於享樂，奈何韶光短促，奈何手邊總有丟不掉的煩雜事。

這幾日秋陽越發橙黃，跟紅柿一樣快達到它的成熟巔峰。矮几上的文旦漸漸少了，像用剩的秋日，而煩雜事卻愈堆愈高。時序立冬，最後一個屬於秋的節氣終於過完，我卻仍然眷戀著愉悅感官的，甜美的秋天況味。

卷四・都是朽木

課本太艱深，巫瑪卻從不理會我的抱怨。
我苦著臉應付超出理解力太遠的英文，
努力跟大串單字搏鬥，
她卻哼著歌悠閒的照鏡子修指甲修眉毛，
Never on Sunday 是她最愛的流行曲。
巫瑪常常讓我分神。
她亮晶晶的手環隨著動作發出清脆好聽的聲音，
我眼睛盯在課本上，
可是耳朵沒辦法專心，
錯落的叮叮噹噹彷彿在替巫瑪的歌聲打節拍，
同時提醒我她動作的變化。
她不安分的腳環老在我視線範圍內晃動，
晃得我也恍神。

八十年前我還是小孩子

上課時我偶爾講老師的軼事，潘重規先生的傳奇是其一。

那年碩二，我修潘老師的《紅樓夢》。學姊事先告訴我要有心理準備，老師把《紅樓夢》講成反清復明之作，她修完一年幾乎被洗腦，旖旎浪漫的紅樓變成硬邦邦的石頭。

她這麼一說倒引起我的好奇。我是個不甚用功的學生，對老師這個「人」的興趣遠大於他的學問。老師是赫赫有名的敦煌專家，曲折且艱辛的敦煌研究歷程應該被寫成傳記。

老師八十八了，腳力不好，固定由一位學生接送。我有時在走廊遇見他被攙扶著緩緩走到教室前門，便遠遠鞠個躬，也不懂他看到沒有，從後門快步入座。其實第二堂課到跟準時到沒有差別。老師固定由上星期的第二堂課，或者上星期的四分之三堂開始講。幾次之後，終於有學生恭敬的提醒他，老師，這講過了。老師總回答，上次講得不清楚，今天再說詳細點。

他講得跟上節課一模一樣。我們邊笑邊聽，覺得老師真好玩。他問同樣的問題，我們也給上次的答案。曲折複雜的學術辯證很慚愧我已沒印象，只記得他說男人是清，女人是明，作者反清復明，所以《紅樓夢》的女人都比男人可愛。

可是我記得老師的故事，還有他說故事的表情。「八十年前我還是小孩子……」，這句話比甚麼「很久很久以前」都來得有力而震撼。八十年前，多麼沉重、有分量。他像個老爺爺在給兒孫們講古。八十年前，老師還是小孩子，家裡只准讀四書五經，小說是禁書。他把《紅樓夢》撕成小疊揣到衣服裡，到私塾上課的路途中讀，所以總是提早一小時出門，也總晚一小時回家。到最後，書解體了，《紅樓夢》也讀得爛熟。老師微笑著，八十八歲的老人此時神情竟有些頑皮，好像當年那個為聰明點子而沾沾自喜的八歲孩童。

我跟著大夥笑，心裡卻是一驚。從來不曾想過嚴肅的老師也會不聽訓，更沒料到他會迸出一句「八十年前我還是小孩子」。這句話重重的打在心上，腦海像拍電影似的出現畫面。小孩走路。小孩低頭坐在石頭上，捧著紙頁。背景是古老中國的農村，泛著發黃的光。

轉眼八十年。那是時間的重量。

前幾天在報紙上讀到老師過世的消息，高壽九十七。小小的一則新聞，交代了一位重要學者的一生。我腦海浮現的，是那句「八十年前我還是小孩子」，還有八歲頑童的神情。

放羊的老師

深秋的午後，收音機傳來一首久違的民歌，中氣十足的渾厚男音揚聲唱著：「哪裡來的駱駝客呀，沙里洪巴嘿嘿嘿。」三個「嘿」吆喝得特別用力，聲音表情很調皮很靈活。這歌聲讓我特別想念辛爺爺。

辛爺爺是學生們對老師的暱稱。在師大一路從大學念到博士，共修了辛爺爺三門課：國音學、聲韻學和西藏文。這大概是少數我全勤的課。國音大一必修，聲韻大三必修，西藏文開在研究所，選修。博士班時選這門課，除了好奇和好玩之外，全因為辛爺爺實在太有個人魅力。

童年在西藏放羊的辛爺爺歌聲飽滿洪亮，唱甚麼像甚麼，課堂上一時興起，他會用西藏口音哼上一段充滿邊疆風味的〈沙里洪巴〉，或者「虹彩妹妹哼嗨喲」。辛爺爺的哼嗨喲把虹彩妹妹唱得妖嬈極了，學生大樂，彷彿看到變裝的虹彩妹妹站在眼前。辛爺爺細小的眼睛躲在厚重鏡架後面，莫名其妙的看著足以當他孫子的學生笑得東倒西歪，標準的冷面笑匠，那招牌表情比周星馳更具娛樂效果。

說來慚愧，我巴望著上國音學，是想吃辛爺的陳皮。曾念過上海國防醫學院，辛爺在臺灣有一票當醫生的同學，他老拿些維他命之類的營養品給生病的學生，且隨身攜帶大包的陳皮。只要學生打噴嚏、咳嗽，他立刻從公事包拿出陳皮，說，感冒咳嗽的上來。我跟著生病的同學裝咳，把陳皮含在嘴裡偷笑。說實話，國音和聲韻我早還給辛爺了，只記得他說的一些養生祕方，例如睡前吃一截甘蔗顧肝，感冒不可以吃香蕉和橘子，多看綠色減輕近視等。

說到近視，我就覺得更對不起辛爺了。上課講義都是辛爺一筆一畫寫成的心血，鐵筆銀鉤的字，乾淨整齊寫在A4的紙上，簡直是藝術品。他指著自己厚重的鏡片說，當年沒有影印機，讀書呀全用抄的，每天帶兩個饅頭進圖書館，抄書抄一天。他的西藏口音把饅頭念成「饅特」，那鏗鏘的「特」字老讓我覺得他吃的饅頭很硬。許多同學聽不懂老師的口音，被同學戲稱「馬僑」的我，可是字字聽來都「清清楚楚明明白白地」。這九字真言是辛爺的口頭禪，他說做學問要做得「清清楚楚明明白白地」。三門課我對西藏文最有心得，如今還記得西藏文符咒一般的讀音和文字。當初把這神祕的文字學好是我的私心，打算哪一天失業了可以當女巫賺點生活費。

辛爺還有一段不時要重複的口頭禪：「我這在山上放羊的人哪沒甚麼學問，難得你們願意來上我的課呀！」接著就把我們稱讚一番。經老師這麼一讚，大家都覺得來上課真值得。其實老師的學問才大呢，曾和白先勇先生是臺大同班同學的辛爺，說得一口漂亮的英文。西藏文之外，他精通梵文，據說能讀佛經原典，但他從來不提這事。七十歲了還在學蒙古文。

寒假前的最後一堂課，辛爺一定在黑板上用緬甸文、泰文、西藏文、阿拉伯文寫下吉祥的祝福，唸上幾遍咒語似的禱詞，願我們平安快樂。辛爺的祝福想必我領受最多，否則魯莽的我怎麼會那麼好運，小傷小痛之外，一直平安活到現在。當初覺得當辛爺的學生真快樂，現在回想，快樂之外，還真福氣哪。

老師的跳蚤

你身上有印度味。我的同學皺起眉頭捏著鼻子，嫌惡的問，為甚麼？那年我九歲，剛轉進一所位於華人新村的國小。新同學的第一句話不是問候語，也沒問我名姓。她甫靠近我，立刻便觸電似的彈開，好像我身上散發著毒氣。華人身上怎麼有印度味？同學疑惑的眼光飽含歧視。我覺得羞愧，彷彿做錯事，低著頭坐回位子，假裝埋首課本，發誓以後上學前絕不進印度人的家，絕不讓巫瑪摸我的頭髮。

巫瑪是印度小姐，我的第一位家教老師，十八歲，正等待高級文憑試放榜，住在不遠的廉價屋裡。父親請她教我英文，一周四天，每次兩小時，就在她家窄小的客廳，呼吸著印度空氣喝印度茶，啃著艱澀的初中英文課本，那上面有巫瑪的筆跡和即興塗鴉。她把沒扔掉的英文課本當教材，根本沒考慮一個小三華人孩子的程度，每回上課都讓我很挫敗。巫瑪渾身散發著奇特的氣味，濃密鬈髮紮成粗大辮子，髮辮的造型很像她家牆上掛的象神鼻子。

課本太艱深，巫瑪卻從不理會我的抱怨。我苦著臉應付超出理解力太遠的英文，努力跟大串單字搏鬥，她卻哼著歌悠閒的照鏡子修指甲修眉毛，Never on Sunday 是她最愛的流行曲。巫瑪常常讓我分神。她亮晶晶的手環隨著動作發出清脆好聽的聲音，我眼睛盯在課本上，可是耳朵沒辦法專心，錯落的叮叮噹噹彷彿在替巫瑪的歌聲打節拍，同時提醒我她動作的變化。她不安分的腳環老在我視線範圍內晃動，晃得我也恍神。還有，干擾學習的氣味。巫瑪身上抹一種嗆鼻的黃色油膏，頭上不知道又是甚麼香料調製出的髮油，家裡慣常燃著甘文煙，各種濃烈的氣味薰得我發昏。兩小時的課讓我精神恍惚，說不上是課本太難，還是調動太多感官耗神過度。

華人私底下叫印度人「吉林鬼」（keling），非常種族歧視，就像我們華人有時被友族稱為「支那鬼」。吉林鬼和支那鬼都是政治利益下的犧牲者，可是華人自覺高人一等，新村的華人與印度人尤其涇渭分明。他們髒，會傳染跳蚤。這是華人的偏見。我努力隱瞞家教老師是印度人這事，深恐被同學排擠。那陣子學校裡有同學長跳蚤，不少人被傳染，老師每周一檢查頭髮，在同學頭上撥弄許久，最後總是揪出幾個最新傳染名字。沒人要跟長跳蚤的同學往來，連座位也努力拉開距離，哪怕遠一公分也好。每周一我都擔心上榜，害怕還沒交到新朋友便成為同學的拒絕往來戶。

跳蚤成為我的隱憂。巫瑪的髮辮裡到底有沒有跳蚤？這事讓我非常苦惱，一苦惱我就習慣性的咬鉛筆頭。那陣子鉛筆上都是細細的牙印子。上課我常盯著巫瑪的烏亮黑髮發呆，看久了那些星散的白點既像頭皮屑也像跳蚤的卵。英文課令我痛苦不堪，終於我鼓起勇氣跟父親要求停課。太難了，老師不會教。我的藉口很正當，父親甚麼都沒問就答應了，壓在心裡的大石出乎意料的輕易被移走，簡直不可思議。果然，父親託同事找來新老師，天呀！又是印度人。這回是位四十幾歲的印度先生，據說是某中學的名師，非常嚴肅。第一次見面，我幾乎快哭出來，這回怕的不只跳蚤，還有印度先生不笑的黑臉，以及星期天上課的要求。那一刻，我忽然非常想念巫瑪的歌聲，她說的，Never on Sunday。

陰錯陽差

不時有人問我為甚麼讀中文系。長話短說的標準答案是：興趣。其實中文系是第二選擇，陰錯陽差的結果。當年（天呀！轉眼已是十六年前）如果家境好些，如果不是排行老大，底下又有五個妹妹一個弟弟，應該去了英國。又假設馬來文老師大力鼓動，或者多說一點讀馬來文學系的好話，譬如「錢」途光明，某日可以當華裔女部長之類的，我極可能捨中文系，而選擇第三志願馬來文學系，就順遂父親的心意，待在馬來西亞結婚生子，過著跟現在迥異的人生。

最終我選擇了第二種人生，卻始終沒忘情馬來文。身邊有人頗看不起這個民族，以及他們使用的語言。我極為不服氣，卻不想反駁，分明是種族歧視，無理可說。這些人在馬來文的門檻外徘徊，根本無法體會浸染其中的幽微。這麼說並不表示我特別鍾情這個語言，純粹因為馬來文記憶了我的成長，從童年到青春期，割捨掉這一塊，等於丟棄一半的成長記憶。鄰居和朋友大多是馬來人和印度人，中學的馬來文老師則幾乎讓我走上另一條截然不同的路。

我們叫他Cikgu Gan，華人，十足馬來通，剛出來教書，是個矛盾的綜合體。一臉稚嫩相卻行事神祕低調，剛出校門分明涉世未深，管治學生倒很有一套。個子瘦小，標準的小辣椒。我們中二A是所謂的精華班，他同時是我們的導師。中學六年有四年馬來文是他教，有些同學對他的高壓管理頗不以為然，反骨的我倒很得寵，一直是他心目中繼承衣缽的不二人選。

總覺得他的個性裡缺了些甚麼。勤勞、負責、用功、馬來文程度好，改作業極為認真，這是他的職責。除此之外呢？他似乎缺乏「文學」該有的特質，他太理性、太守時、太過規律，要求高，過於勤勞和乾淨，這些品性全湊在一起，變成斤斤計較，令人敬而遠之。跟另一位從英國回來教英文文法的老先生比較，他倒像教數學或物理那樣的秩序井然。

老先生只會說福建話和英語，也乾淨整齊，非常紳士。我記得他文法課上一半，突然會說：「要多吃馬鈴薯，別吃太多飯。」我們一頭霧水，也沒人問為甚麼。我猜他大概想念英國的好日子。正是在這種小地方，看出兩位語文老師的不同。我們的 Cikgu Gan 可沒那麼優雅。馬來文像法律課，馬來文辭彙融合英文、爪哇語、荷蘭語、米南加保語、梵文、葡萄牙語、波斯語、淡米爾語、漢語等等，簡直是語言大熔爐，加了前後置詞，重疊兩個字便可能成為毫不相干的詞。我們的 Cikgu Gan 日日耳提面命，三不五時要我們寫議論文，讀報紙雜誌，特別盯我的進度，規定得讀完幾部馬來小說。他希望我們在政府考試中掙足面子，「我們要證明華校生也能得優等」。

這是他的夢想——果然是夢想——只有我在考試中得優，而且沒有如他所願，念馬來文學系，卻跑到遙遠的臺灣讀一般人視為最沒出息的中文系，別說當女部長，有朝一日返鄉還可能餓死。我怕餓死，沒敢回家，乖乖讀完博士。如今看來，或許我該感謝當年的陰錯陽差。

上緊發條

按照常理推論，喜愛運動的人應該性情溫和，臉部線條放鬆，我的體育老師卻不只嚴苛，且從來不笑。整整六年，整個中學時代，沒見過老師的笑臉，連放鬆的表情也沒有。我一度懷疑他運動過度，臉部肌肉太過結實，以致拉不出笑容。緊繃的神情令學生格外緊張，分明是活動筋骨的體育課，學生全都上緊發條，不知道下一刻得接受哪一種斯巴達式的魔鬼訓練。

老師有一個很妖媚的綽號叫露露，聽起來像做特種行業的，只因為他姓盧。那年頭，幾乎每個老師都有別稱，不敢公然忤逆體制就只好背地裡偷偷的戲謔一下，很阿Q的心態。用綽號稱呼老師還表示「我們是一國的」，是那個年紀取得同儕認同的方式。

露露這柔軟的稱呼完全不符合他的鐵血教育。大太陽底下總有跑幾圈操場便暈厥的同學，露露一點也不憐香惜玉，眉頭一皺，隱忍著不耐。這種小事每日上演，他大概覺得很煩。有一回他用一千零一種的標準冷面表情說，跑步暈倒你們說太陽毒，升旗暈倒又說沒吃早餐，其實理由只有一個，嬌生慣養。他說話沒有高低起伏，冷冷的不帶一絲感情，冷血聲音和冷面表情，難怪他那麼耐曬。

體育課在下午兩點，赤道的陽光正猛。這時間安排得多麼故意，故意要看我們暈倒，故意要折磨我們。我們都巴望小小的體育館有多餘的空間。通常都失望。學校的球隊練球、比賽總有優先使用權，那就認命，曬吧！太陽底下跑十圈、百米衝刺、跳高、跨欄，兩個小時下來，想像那高溫，不暈也要中暑吧！奇怪的是我們大部分都很耐操，兩班女生合上的體育課總共四十幾人，暈倒的不超過兩個。很難說究竟是身體好，還是被訓練出來的能耐。體育課後露在袖子和短褲外的四肢烤得紅裡透黑，女孩子們邊怨邊灌水，摸著發燙的臉說完了這種曬法，青春痘永遠都別想好。

露露在太陽底下永遠那號表情，無論我們跑得再快，跳得再高，他黑沉沉的臉從不出現嘉許的表情，跑不動跑太慢，跳不到他設定的最低高度，他會搖頭，哨子一吹，叫同學閃一邊去，同時快速寫下不光采的記錄。他就有本事讓缺乏運動細胞的同學自覺羞愧，彷彿那比考試不及格還要丟臉。從小在山裡野大，跑十圈二十圈一點也難不倒我，可是我很怕跳高。常常絆倒，只要看到前面橫著那欄杆，先就有心理障礙。愈想不要勾到，就愈會出錯。只要哨子一響，就等著看露露的黑臉吧！有時一緊張，連最低標都跳不過。為了不在眾目睽睽之下出醜，我不知道私底下偷偷練習多久，臨上場還是有出狀況的時候。

從來沒有一門課像體育課這樣令我神經緊張，打從老師出現那刻心情大壞，想立刻閃人。他對成績好運動不好的同學尤其沒有好臉色，有時候我不免很小人的推論，他大概成績太差才去念體育的吧。對著一票青春期的女生都沒法有笑容，他的人生必然跟膚色一樣黑。出乎意料之外的是，我們念高二時，他結婚了。新娘是學校的另一位體育老師，根據反推法，這是可以預期的，只有體育老師才符合他的不嬌生慣養、耐曬、耐操，而且不輕易微笑。

外星人

教書忽然已七年。

早兩年，學生常鬧著要跟我結拜成姊妹，如今學生笑咪咪說想當乾女兒。當我女兒？第一回只當是玩笑，第二第三回以後，我盯著鏡子仔細端詳。從姊妹到女兒不過七年，歲月逼人的殘酷現實莫過於此。想到終有一天學生說要當我孫女兒，就再也沒有教書的勇氣了。

眼下趁著還有賭剩的青春籌碼，我不動聲色答，二十歲的女兒太老了，老師年紀沒那麼大。這個答案巧妙反轉了彼此的年紀，學生大叫，老師你很賊耶！但是仍然不肯放過我，那我降低五年智商總夠格吧？

每年總會碰到沒把我當老師的學生，大概師生情誼並非令人愉悅的關係，因此她們想盡辦法尋找替代模式，朋友、姊妹或母女，學生喜歡貼在我耳邊說悄悄話，聊心事，吐苦水。

二十歲左右的孩子介於女人與女孩之間，室友齟齬，戀愛問題，就業，減肥是她們最關心的議題。三十五歲的老師也得揣摩女孩的心情，真正人師難為。我的大學生活平淡無趣，像條孤魂野鬼在同儕中穿梭，不愛群體生活，因此對於人與人的相處苦惱實在無處著力，大部分時間順著學生的意思當應聲蟲。

當聽眾的最大發現是，她們這些手機世代的超新新人類是外星人。地球人有時聽不懂外星人的奇特用語，總要打斷她們，「等一下，很機車是甚麼意思？」有時她們也忍不住調侃我，老師你是外星人呀？把創意用來創造網路用語，她們扭曲中文同時也扭曲我的表情。

改作業時我無法不皺眉，幾堆作業改下來抬頭紋都爬出來了。開口閉口「屁」呀「屁」的中文系小姐們，長得斯文秀氣，卻把屁當成口頭禪說得臉不紅氣不喘。有一次我忍不住說，你們是「屁世代」呀？有那麼多屁要放，不覺得粗俗嗎？在電梯裡她們旁若無人「放屁」，邊講邊笑，囚在同一個電梯裡的男老師死盯著門縫，鐵灰臉色中掩不住的尷尬，跨出電梯前還側頭瞟一眼，年輕小姐們一點都不在意，推搡打鬧著步出電梯，繼續屁個不停。身為人師的我可是想鑽地洞，教出這樣的學生彷彿是我的錯。

這些外星人的行為模式令人難以捉摸。她們愛跟我裝熱絡；校慶時借衣服借道具；來不及印作業便來研究室借印表機，還不時把「老師你太遜」當口頭禪，讓我重享大學的同窗情誼。看在某些老師眼裡，學生對我實在太放肆，接近目無尊長了。終於有一次，當著我和眾人的面「刷」學生，頗有「殺雞儆猴」的意味。屬猴的我頓時覺得臉頰火辣，火焰順著脖子直往臉延燒，那訓話裡好像說，上梁不正下梁歪嘛。事後學生攬著我的手，頭靠在我肩上委屈的說，老師根本不是那樣的，你說對不對？

我說了一件當學生時的故事。

年過七旬的老師，某天在走廊上遇到一位博士班學生。我的這位博士班學長深深一鞠躬，火速去提老師手上的公事包。老師一迭聲說，不必不必，我自己來。外省老師的「必」字唸成斬釘截鐵的去聲，還是沒阻擋學長要搶老師公事包的決心。他當老師是客氣，恭敬又堅決的說，老師我來我來。老師有點急了，把公事包貼到前腿說，不客氣不客氣。「客」和「氣」都唸得又短又急促。他是真的不客氣。學長仍然不死心，彎腰伸手過去，老師別客氣，學生來就好。等著穿過走廊的我，只好等他們客氣完畢。

學生聽完故事大笑，說，怎麼有這種恐龍學生？

很快忘了剛才被訓的不愉快。

恐龍是上古生物，恐龍學生即上古學生。

這是我不恥下問的答案。

都是朽木

這年頭的學生實在難以形容。有時他們讓我後悔入錯行，有時又錯覺身負重任，興起教書是志業，而非職業的豪情。第一次浮起「志業」這個想法時，著實被自己嚇一跳。這兩個字未免太嚴肅太有使命感，怎麼會潛伏在我的辭庫裡？頭腦短路吧，這學究似的上古想法顯得迂腐又可笑。教書教昏頭，轉性了？還是被孔夫子下了蠱？

志業這古老的超人情懷應該出自孔子，而我是那種聽到孔子二字，後腦反骨便開始作怪的朽木。就這點而言，學生和我其實是一國的。偏偏我們一方得扮演老師的角色，另一方得當學生，這翹翹板實在很難保持平衡。學生也認為我們頂好是朋友，不必為了分數、考試範圍和作業傷和氣，遇到我在走廊放聲大笑，也不必尷尬的假裝不認識。

有一次下課，學生沮喪的說起今年某校甄試鐵定上不了。她面試前踩到某人的腳，沒道歉反瞪人家一眼。進考場時發現，天呀！那人竟是系主任。怎麼會這樣？她懊悔得快要哭出來，我卻笑岔了氣，腦海出現她的超大眼瞪人鏡頭。真是有效率的現世報，誰叫你平常這樣瞪我，這下踢到鐵板了。我有些忘形，根本忘記安慰，或是數落她沒禮貌。另一個很有同學愛的學生不斷提醒我，老師節制一點，不要笑那麼大聲啦！眼見情勢難以控制，她稍一張望，立刻說，我先走了，不要說你是我老師。更離譜的說法是，我在研究室大笑，害得在系圖書室外吃便當的同學差點噎著。而且門是關著的喲，這點才厲害。我認為這是被當掉的學生存心詆譭。系圖跟研究室隔了一個大教室那麼遠，有如此能耐上課就不必麥克風了。我問傳話的學生，可能嗎？她露出可愛又可恨的默認笑容。

學生曾偷偷跟系裡的助教說，老師真是一個難以捉摸的女人。如果他們是老師，最好不要教到我這種愛搞怪的學生。有一回學生搖著頭直接跟我說，你真怪！豁出去的口吻彷彿我才是她學生，害我瞬間錯亂。看來我們對彼此都有些不滿意，他們希望我如清澈見底的水潭，一目了然，考試點名有規則可循。偏偏我喜歡玩猜猜看的遊戲，拿到考卷那刻，他們的標準表情是瞠目扼腕。我假裝晦深莫測，不露得意之色，否則準有學生會在考卷上寫，我盡力了，請饒了我吧！或者類似這樣的留言：老師，你何必出這種為難學生又為難自己的題目，我們難答你也難改。好些學生希望此生跟我結的不是師生緣，不巧卻偏是。因此我們還有一項艱難的功課：好聚好散。這也是我的最大期許，說來容易，其實困難。尤其那種一眼望去黑鴉鴉的特大班，一學期下來教了誰都弄不清楚，要把分數打到絕對公平委實不易。分數是好聚好散的致命傷，後來我學會第一堂課跟學生約法三章。剩下的，交給老天爺吧！

最近我為不經意的承諾傷透腦筋。踩到系主任腳的學生甄試上了碩士班，當然，是另外一所。期末考時她遞上一張紙條，寫著「考上研究所，我的禮物呢？」彼時她在失戀中準備考試，半是鼓勵半是安慰，我在嬉笑中應諾「猛男數名」作為禮物。這下可好，哪來的猛男數名可供徵召？

寒流來襲凍得發昏的新年中，我記掛著沒著落的猛男，不由得嘲笑起自己那極偶然興起的「志業」豪情。看來，學生跟我分明是足以抗衡的朽木，孔子見了都要搖頭。

耐煩的牛

寫完第十三封推薦函，累得臉貼在桌上，腦袋一片空白。真想變成桌子的一部分，明天四節課全蹺光。

每年十一月我戲稱為推薦月，學生準備參加考試，我也得陪著做功課。總是在最後關頭，學生遞來緊急催命函，求老師救命。我才要你們放我生路哩！不能早點拿來嗎？每回都邊怨邊認命的接下功課。推薦函不就那麼回事，發揮人性光明面嘛！我認真完成學生交來的苦差，同時懷疑，果然有人會相信這些千篇一律的好話嗎？可是學生總是堅持，一定要，即便只是形式也好。

好吧！學生總是吃定我，這年頭當老師就是這樣了。魯迅老先生的教訓，這行是孺子牛。作為一頭牛，要有吃苦耐勞，只問耕耘的精神。有一次上課我這麼說，學生紛紛頷首。

很早就領悟到不適合當老師。當老師先得學會耐煩，我沒耐性，教妹妹數學習題常常不歡而散。妹妹總是跟母親投訴，大姊講第二遍就擺臭臉。老師跟「道德」關係太緊密，這兩個字特別令人敬畏，特別令人敬而遠之。我的老師還說教書是良心事業，我就更不敢拿這崇高的行業試驗自己的良心。那麼，就別誤人子弟吧！大學畢業我上演「逃教記」，哪一個師範畢業生不教書？同班同學全都分發國高中教書去，獨我成了逃兵。

逃兵逃了幾年，最後還是被送回大學管訓。當年被擺過臭臉的妹妹們一聽我準備教書，嘆口氣說，你的學生好可憐。教了六年，我也常嘆氣。這事說來話長。每回埋首成疊的報告和作業，令我嘆氣的不是學生的觀點或資料，而是匪夷所思的錯字亂句。這種捉字蝨的工作最沒成就感，總是捉不勝捉，越捉越無力。把字蝨剔出來，捏死，填上正字標記。做這事時總忍不住胡思亂想，有沒有善心人願意發明一種捉字蝨機，幫我解決老被字蝨嚙咬的難題？生命不是華美的袍，我不需要蝨子。老師說的沒錯，教書果然是良心事業，睜隻眼閉隻眼一目十行過去，管他蝨子還是蟑螂螞蟻，反正沒人管——只要良心過得去。

我的良心不放行，只好耐著性子當耐煩的牛，讓一堆爬滿蝨子的作業用掉幾個完整的工作天，繼續邊改邊數作業還剩多少的無聊遊戲。終於我忍不住跟學生討饒。我是這麼說的：你們只寫一篇作業，老師要改五十份，好不好請你們作業寫完多修改幾遍才交上來？最恐怖的習作課是一學期五次作業。每改完一疊我總要買一大盒巧克力犒賞自己，學生都是這麼說的，念書要體力，我改作業也要體力。

最令我難忘的是某次阿Y的答題。那是「臺灣文學與文藝思潮」的期末考，考題大約是文藝政策對本省和外省作家的影響。阿Y給我的驚喜是：文藝政策真是讓外省作家「賺到了」。以下申論「賺到了」的意思。

我也賺到一次大笑。

無處不貓

偶然朋友來家裡玩，總要對散居各角落的貓玩偶發出問號，還在玩這個啊你？每回我都急著澄清，哦！不是不是，學生送的。於是指著這個那個細說起它們的故事。它們是我的教學外一章。

玩偶中資格最老的橘色加菲貓在我家五年，算是元老。軟綿綿的身體坐沒坐相站沒站相，抱著覺得是隻性情柔順的貓，卻配上翻眼斜嘴的表情，非常搞笑。它有我三分之一身高，因為大，賊表情愈顯突出，照面那刻，我跟小孩得到玩具一樣驚喜。然而驚喜瞬間便被疑惑和疑慮取代。這禮物，我該收嗎？學生哪來的錢？學期早已結束，學生成績很好，這禮物顯然無關分數。可是，那隻貓看來並不便宜，不能收。不收得有婉轉的說辭，因此免不了一番唇舌之戰。平時個性溫和羞赧的學生原來口才一流，說起話來情理兼具，不時跟我勾肩搭背，唱作俱佳。我一節一節退讓，這事最後起了戲劇性的轉變。我不但收下，尚連帶招供出三十年前的舊帳憶苦思甜起來，開始感嘆沒有玩具的遺憾童年，感謝學生讓時光倒流，老師得以重溫童夢。總之，那隻賊貓最後順利隨我返抵家門。可想而知，心軟點頭收下那刻，它必然暗地裡偷笑，表情於是更加地翻眼斜嘴賊得欠扁起來。

當時我並沒有看出這事的象徵意義。貓老大接著招徠各種各樣的貓嘍囉，貓玩偶貓卡片貓吊飾，大大小小到處亂跑，霸佔客廳、睡房、書房和研究室，數量龐大得必須把它們趕進抽屜，簡直無處不貓。

客廳沙發背後的書架上有粒褐黃色貓頭，正好面對電視。我們看電視它也看電視，不開電視它看螢幕裡自己的邪惡倒影。基於厚道和愛貓原則，我不太願意把「邪惡」二字套用在貓上。然而貓頭有只銳牙，眼露奸光，用「奸詐」太便宜它，「邪惡」恰恰好。這邪貓象徵小如子對貓的整體觀感和評價。小如子特會養老鼠，卻非常怕貓。每回來中壢探親（男朋友和我們），總要從嘉義帶著她的倉鼠肥滋滋。打從大一起，她每年進貢生日禮物，從貓卡逐漸演變到貓玩偶。我記得其中一張貓卡上寫著：

「我實在不懂你為甚麼喜歡貓？喵嗚實在很邪惡，還是老鼠可愛。」說歸說，她送來送去送的都是貓。我也回贈她四字：「必送必貓」。交男朋友之後，畢業念研究所之後，每到生日，她便拎著貓與男友一起出現，我好像應該痛哭流涕以示感動。今年她帶來一隻馴良可親的小巧乖貓，一改對貓的惡評。我問原因，她說受我的感化，貓似乎沒以前看來可怕了。

無處不貓是我的生活寫照。有課那幾天，絕對不敢到處亂跑，記掛著隔日的課，出門總是頻頻看手錶；平時丟三落四壞記性，卻絕對不會忘記抽屜躺著的作業和考卷，想假裝眼不見為淨都不行。一位成日待研究室的外籍老師說他用力工作，用力玩（working hard, playing hard）。這話深得我心，實踐起來卻很困難。無處不在的貓們，唉。

抱一下

我瞇著眼，順應學生的要求，站在新蓋的六館前拍照。冬日的暖陽太明亮，風又太強，頭髮全翻亂了，學生不斷跑來整理我的頭髮要求我睜開眼對鏡頭微笑。這樣一拍再拍，招來不少好奇的目光，我對著兩臺相機開始露出尷尬的笑，催學生，快點快點，好了啦我不要再照了。

還是不滿意。她們開始擠眉弄眼說笑話，要我鬆開僵硬的表情，又比手畫腳擺出怪異的姿勢要我跟著做，老師，我們要《霹靂嬌娃》的招牌動作！搞怪的冷面笑匠小狠邊說邊跑，伸出一隻手作勢要攔迎面來的一群學生，我們老師要拍照，請大家繞一下！這麼一嚷嚷，立刻有六七雙眼睛像機關槍掃過來，連走遠的學生都回過頭，我恨不得立刻隱形。

幾經折騰，個人照好不容易拍完，她們開始輪流合照。當然少不了擺譜，其中一張我和天心背對背，得模仿《無間道》的劉德華和梁朝偉。小狠嚴肅的說，老師，不可以笑，要像這樣。她裝出一臉非常酷的表情，左手托右手肘，右手食指和拇指成V字，比個拿槍的手勢，要求我露出殺手的眼神。結果我們拍出搞笑版的《無間道》。

最後，終於，可以圓滿的大合照，我吐一口大氣，笑得如釋重負，眼皮卻有些沉重。回到研究室，肩膀微微痠痛，分不出來是照相太緊張還是上課太累。窗外依然是金黃的陽光，想到即將送走第三屆畢業生，不由得有些感傷。

每年十二月拍畢業照，總要嬉笑狂鬧掩飾曲終人散的不捨。研究室放著前兩屆的合照，一張張笑臉在陽光下洋溢著迎向未來的喜悅。然而我每回凝視，卻總是記起畢業典禮時，學生的淚眼。

說實話，我非常害怕畢業典禮。

第一屆唱驪歌時，全無心理準備的我與高采烈答應學生撥穗。六月初夏的高溫讓身著畢業袍的我汗流如雨，燈光很強，蒸出大量的汗水沿著帽沿淌下，我頻頻用手拭額，不斷扶正帽子，髮角掛著晶亮的汗滴在燈光下閃呀閃。我知道自己的樣子必然十分狼狽，心裡嘀咕，當初沒參加自己的畢業典禮，如今卻被學生逮來活受罪。正想埋怨，卻瞥見眼前微笑等我撥穗的學生眼角閃著光，小聲說完「老師抱一下」，眼角的光便化成淚，溢了出來。

眼淚彷彿會傳染，接下來的許多雙淚眼讓我很無措。最怕眼淚，又不懂安慰人，且以為畢業典禮必然歡樂亢奮，掉淚的場面完全在我意料之外，活該當年沒參加，否則不會慌亂至此。我重複許多遍「不要哭」，結果催出更多淚水，彷彿我說的是「盡量哭」。那晚鎂光燈閃個不停，留下淚中帶笑的記憶。

第二屆為避SARS，各系自辦，一個月前我便耳提面命，要學生千萬別哭，還是不放心，事前先想好應對招數，又背誦笑話以備不時之需。氣氛比想像中歡樂，只有很少的淚水，我的準備幸好不必派上場。然而事情未完，典禮進行一半便因故得離開的一個學生，認為沒有撥穗便不算畢業。結果我們找了一天聚餐，就在車來人往的老溪街大停車場，她慎重套上袍，戴上帽子，讓天地見證了她的畢業。禮成，她說，老師，要抱一下啊！我們就在人車當中結實一抱，我只覺得臉發熱，說不出是尷尬還是感傷。

只是路過

開始教書後，我的生活就擺盪於家與研究室之間。只有在家，疲累的身心才可能放鬆與休息，在研究室則跟上戰場沒兩樣。不管前晚睡得多零落，精神如何不濟，一進學校，便得給自己大力加油，武裝士氣。除了上課、開會和準備教材，在研究室最主要的工作是「接客」。我的客人，是熱情且過動的學生，同時也是我的衣食父母。沒有他們就沒有教職，我哪敢怠慢？

彷彿像傳染病，從第一屆畢業生開始，學生從學長姊那裡感染了病毒，一屆比一屆更過動。上課抬槓，不同意我的意見時便歪頭嘟嘴，或在底下竊竊私語，寫作業、考試跟做買賣一樣，總要討價還價。我出的價錢他們永遠不滿意，低一點還要低一點，他們七嘴八舌興奮的把課室變成菜市場。

走下講臺時，我常是爛泥一灘，跟學生哈啦也有氣無力。學生發現我上課時神采飛揚，等到一日將盡，便像落日餘暉耗盡光采。一天四堂課是極限，休息十分鐘午飯時間以及下課後留校的幾個小時全算進去，將近八小時，舌頭與嘴巴動個不停。我也被學生感染了過動病毒。中午學生提著便當，探頭探腦的說，老師我們要跟你一起吃飯；放學了賴在研究室聊天喝茶。我說我累死了應付你們。學生答這是我們系的傳統，學長姊不都這樣，他們可以為甚麼我們不可以？你偏心！

好吧！看來都是我的錯。

那年正式教書正好中語系成立第一年，滿腔教學熱情對上第一屆沒有傳統可循的學生，師生都玩得不亦樂乎。上課見面，放假也相約吃飯逛街，我不像老師倒像他們的同學，一時之間彷彿時光倒流，大學生活重現。學生都有綽號，我記得他們的小名，卻常常忘了姓啥名誰。他們在ＢＢＳ留言版上給我取綽號Mary，到底伊于胡底我至今沒弄清楚。上臺北總要隨身帶幾個搭便車的像帶保鏢，就像以前住新店美之城時，散步總跟著一串野貓，甩都甩不掉。

混熟了他們放肆得很，路過研究室，見燈亮著便敲門。常常我抓著話筒或在回電郵，頭也不轉大喊，進來！門開了，探進半個或三分之一個頭，又急又快的一串話撂下，我只是路過跟你say 一下hello 拜拜囉！有時臉還沒看清楚人就閃走了。研究室是往系辦公室的必經之路，他們路過順便來敲門，有時講一個電話被打斷幾次。終於我跟他們說，我不是打卡機不必來報備，上課準時出現就好。

這種「敲門然後閃人」的遊戲學生似乎玩得很起勁，一點也不理睬我的提醒。他們的學弟妹更變本加厲，研究室徹底變成接待室。衣食父母們有時指定要喝上回喝過的某某茶，我壓根兒記不起來。進出的學生那麼多，怎麼記得誰喝過甚麼？學生竟說，哎呀！老師你果然老了，記性這麼差！累得話都說不出來時，我倒寧願學生敲門然後閃人，留下一句：我只是路過，拜拜囉！

卷五·不可兒戲

我呢，
必然是那種常上社會版的媽（如果有一天果真當了媽）。
購物忘記把小孩帶回家，
或者把小孩反鎖車內，
兩天後才想起。
又或者誤把貓食當嬰兒食品，
直到怒氣沖沖的貓咪忍無可忍把小孩的臉抓花，
才恍然大悟。
以上情節必是上帝太無聊，
消遣我的最好方式。

不存在的天使

我結婚剛滿九年。沒有小孩。

一直不覺得有何不妥，是別人的態度令我愈來愈疑惑。前天心血來潮撥了通電話給久未聯絡的老師。還來不及問候，老師立刻說：你懷孕了，對不對？很急切，期盼好消息的語氣。我啊了半天，非常不好意思的說：沒有啦！老師我沒有。聲音很小，做錯事接近認錯的低姿態，是「對不起，讓您失望了」那種帶著愧疚的心情。

話頭很快轉走了。我卻對自己的態度無法釋懷。為甚麼是「作業沒交」的心虛？不是向來很鄙夷把生孩子當成必修學分的人？那些把女人當生產工具的男人，以「天賦人權」（上天給女人的天賦就是生孩子）為傲的女人。為此好脾氣的母親幾乎動怒，她生了六個女兒一個兒子，她認為自己最擅長的就是生孩子，那是老天的恩寵。三妹為了意外到來的第三個小孩而辭去工作時，我非常反對。

在生孩子這件事情上，我是媽媽們努力同化的頑劣分子。我老師我朋友我同事我學生我鄰居齊心合力想把我改造成媽媽，革命至今尚未成功，他們都還保有國父不屈不撓的勇氣。每次被這些人圍剿，「過街老鼠」四個字就浮現。

三年前，我的標準答案是「非不能也，不為也」，有種氣蓋世的豪情和傲氣。既回答了，也像沒回答。如今我期期艾艾，豪情和傲氣早湮滅，有時候一聽這問題就不知不覺開始嘆氣，頭痛起來。從來沒想到有一天肚皮會成為眾人的焦點和話題，連學生也哄我。老師趕快生個小孩給我們玩吧！老師加油，畢業前我一定要抱到你的小孩。老師我快畢業了，畢業就是失業，快快生個小孩讓我當保母。還有人電腦合成「未來小孩誘惑我。那真是個惹人疼愛的小天使，圓圓胖胖的小手小腳，咧開無齒小嘴純真的笑，彷彿背上隨時會生出一對翅膀。比起貓咪，可真是一點也不遜色。

隔一段時間打電話回家，話題一轉，那還在當天使的小孩就飛出來了。每回收到帳單都覺得很怪異，小孩還沒出生，我已經開始付贍養費。講那麼昂貴的越洋電話，耗錢耗神，竟然為的是不存在的小孩。我媽的理論最奇怪，她說，生一個就好，生一個放著。放著幹甚麼？生利息嗎？最厲害的是奶奶，上一次回家，她用失明近四十年的眼睛望著遠方，握著我的手輕輕拍著，嘆口氣，說，這輩子最大的心願就是能看到你的孩子。提到死亡，再頑劣的嘴都不敢輕慢。我拍著她的駝背也跟著嘆氣。唉，果然薑是老的辣。

小孩小孩小孩。近半年平均一天一次接到善意的問話，甚麼時候要生小孩？懷孕了嗎？我被一個不存在的小孩逼得啞口無言。好久沒聽到「你好嗎？」這久違的問候。最後我不得不陰謀論起來。媽媽們就是要拖人下水，自己吃苦不算，還要別人有苦同嚐。尤其說服這拗了九年的頑冥傢伙，耶！萬歲！

上帝拿走一根筋

最近手氣奇差，我手到處，物件壞毀。短短一個禮拜，打破一個馬克杯、碰裂兩個杯蓋。還是老茶壺蓋耐摔，掉了幾次僅把蓋緣磕出幾道小破口，皮外傷不影響壺蓋的功能，勉強湊和著也還能用。沒幾天又碰缺一個玻璃壺嘴，抹著汗水費勁尋找玻璃碎片時，我告訴自己，還好東西不貴，況且錢可以解決的事都不算太壞，破了再買，換成摔的是人……

沒想到恰好上帝偷聽了我的話。那天在四樓整理完植物，我提著大垃圾袋走下三樓，不知怎麼就應驗「摔的是人」這讖語。為夫的奔到現場時，只見太太跌坐地上嚎叫，頭髮身體披著野草以及枯萎的玫瑰花，泥土枝葉散落一地。那景況頗具周星馳電影的無厘頭娛樂之效，他死命忍笑憋著氣問，你，你，有沒有，怎樣？

當然有怎樣。接下來幾天坐立難安，輾轉反側，腰和腿的痛時時提醒我，它們摔壞了。跟茶壺蓋一樣，摔壞依然能用，我支著疼痛的腰瘀血的腿坐在書桌前，用缺嘴的茶壺泡茶，本性難改心存僥倖的想，這可真是一念成讖啊，還好沒抱著小孩，還好。

像我這種少根筋的女人，帶起小孩必然是血淚史。大人禁得起碰撞，小孩可絕對不容閃失。每回見到抱在懷裡的小嬰兒，我總是想，好脆弱的小動物啊！哪裡是我這種粗枝大葉的人養得起的呢？今年過年見到才出生十天的外甥，裹成小小一團躺在雙人床上。我說的第一句話不是好可愛長得像誰，而是：「怎麼只有一點點？」

在家那幾天我好奇的觀望這紅彤彤的小不點，起初止於遠觀不敢近玩，再後來進步到輕觸她的稚嫩手腳，仍然不敢摸那張小得不可思議的臉，深怕力道太大弄破擦傷那薄薄的臉皮，當然更沒膽抱她。有一次小不點的媽我四妹無論如何要我試抱一下，嚇得我立刻彈開，頭皮發麻，一迭聲說不要不要。柔弱的小孩原來這麼令人戒慎恐懼。我怕萬一有個閃失，闖下無法彌補的滔天大禍。

想想那些缺耳缺嘴的杯盤吧！小孩怎麼禁得起這般折騰？

朋友說我真是想太多了，既然有本事把小野貓拉扯成大寵物，一養九年半無災無難，四肢健全耳聰目明之外，體態優雅兼教養良好，養人想必沒問題。我只好苦笑。上回說人貓不可相提，這下又能並論了，甚麼邏輯？小孩要人抱，貓可是自己會走會跑，即便連人帶貓從樓梯滾下，必是人毀貓全，怕甚麼？

最近上帝似乎又拿走了我的一根筋。起心動念要泡茶，讀了幾頁書，赫然發現茶杯冒著熱氣好端端坐在書桌上，著實嚇一跳。這茶杯長腳了，怎麼自己跑上來？下樓、燒水、泡茶、上樓，這一連串動作被剪片，憑空蒸發了嗎？我到廚房尋找蛛絲馬跡，證明那茶確是泡自我手。現實而非電影裡發生這種事，可真靈異。喝著這杯魔幻茶我不由得想起烏龍的婆婆。曾經她去接小叔放學，到家才發現只小叔的書包上了車。

我呢，必然是那種常上社會版的媽（如果有一天果真當了媽）。購物忘記把小孩帶回家，或者把小孩反鎖車內，兩天後才想起。又或者誤把貓食當嬰兒食品，直到怒氣沖沖的貓咪忍無可忍把小孩的臉抓花，才恍然大悟。

以上情節必是上帝太無聊，消遣我的最好方式。

大哉問

有一些愚蠢的問題打從青春期就擱在心裡，從沒請教過別人。心裡有數，這大哉問沒有答案，或者說，我先就有了成見，不問也罷。

大妹前些時候從馬來西亞來玩，從中壢往臺北的路上，她突然問：「你記得嗎？阿偉出生時，爸高興得跟隔壁的阿弟先生喝了一晚啤酒。」阿偉是小弟，我們家獨子，老么，小我一輪，農曆生日只差一天，從我出世，父親足足等了十二年，歷經六個女兒，終於巴望到的香火。大妹這一說重又勾起我不願憶起的往事，那串愚蠢的問題忽然再度聯袂浮現：你怎麼知道小孩願意被生下來？你有沒有尊重過小孩的意願？萬一他不想成為你的孩子，或者不想來到這世界呢？

開明的父母都宣稱尊重小孩的選擇，我父親也是。可是，最初始時他們卻都忘了問：你願意降生在這世界，並且成為我的小孩嗎？似乎打從小弟出生，這問題就常在腦海盤桓。我說過最傷父母親的話，也跟這大哉問有關。那是叛逆的青春期，跟父親的關係一度非常緊張，長達半年不說話，一開口便吵。父親暴怒，我也不服輸。每回被訓，我總想起父親如釋重負對阿弟先生說：「等了十二年，終於等到兒子。」我覺得自己很多餘，負氣的想：我又沒要你生我出來。

自然懂得這句子的重量，連做夢也在說出口之前嚇醒。然而，那句話漸漸像控制不住的野馬，隨著一次又一次的劍拔弩張變得張狂，終於脫韁，終於，一語成讖。我，又，沒，有，叫，你，生，我，出，來。咬著牙，我一字一字慢慢說。

這把利斧劈開的是一條人倫永難彌補的裂痕。七歲時說這話大概沒甚麼殺傷力，然而那年我十七。約莫從小弟出生起成形，那句話足足在心裡深藏了五年。後果預期中的難以收拾。我默默離家獨自生活了九個月。

這段記憶曾經清晰得令人不忍回憶，父親無法形容的複雜表情，母親無助的淚光，我那帶著挑釁的語氣和豁出去的絕望心情，像十顆子彈一樣掃射出去的十個字，那些細節和暴動的空氣，我一件也無法忘記。這事後來父母親再也沒提起，甚至故意避開充滿煙硝味，不堪回首的那幾年，彷彿我從來沒有青春期。

忘記。是的，還有甚麼比忘記更好的解藥呢？如果不能把壞透的那幾年切除，就得相忘於人世。我們大概對彼此還有牽掛，只好學習遺忘，或者假裝遺忘。無法遺忘的，注定要受苦，在暗夜裡被烈焰煎熬。我每每在小說或電影與類似的情節相遇，總是宿命的想，如果女兒是父親前世的情人，那麼，我們前世必有未了債，必有解不開的愛怨糾纏，今生才會這樣互傷。

對生小孩這事因此猶豫又猶豫，我可不想生出像我這樣頑劣的小孩，哪天果然現世報，小孩一字一字跟我說：我又沒要你生我出來。倘若有一天往事重演，而我能坦然承受，那，就生吧！

不可兒戲

告訴我小孩哪裡好玩？握著電話重複這個連自己都厭倦的問題。我的嘴巴含著冰塊，慢慢吐出這個冰冷的問號。五秒鐘的句子，得到至少十分鐘以上的答案，足夠一塊冰慢慢融化，非常划算。昨天跟中醫師發誓不吃冰那是昨天的事，今天另計。攝氏三十七度的夏天，天上無雲，地上無風，小葉欖仁快滴油了，葉片泛著油光，蠟像似的靜止。

小孩非常好玩。對方滔滔列舉一百個以上理由。聽起來不錯，我找出具體的經驗試著接近或者體會，找不出來就用歪理回應，輸人不輸陣嘛！種花、旅行、看房子、試新車、室內設計、養貓等等招數全使用過，當對方強調「小孩給人意外的喜悅」，答以花園裡的黃玫瑰一次開出十四朵花苞，那種香甜的喜悅強度等同小孩長出第一顆牙。對應「小孩讓大人發現生命的奧祕」之類的抽象思索，嗯！我的類似經驗是：喜歡爵士樂，不愛藥師咒的貓很少生病，牠們討厭病痛令貓失去優雅（這話沒回好，不倫不類，我想表達的是貓亦予人驚喜）。「有了小孩覺得生命踏實，絕對值得用自由換取」，我說沒有小孩，就會得到小孩般的寵溺，常常收到玩偶和玩具，很有童年再現的幸福。沒有小孩，其實是另一種踏實。至於自由，說對了，生命誠可貴，自由價更高。我最怕小孩索走「自由」，再沒有比這事更令我恐懼。

這是某個夏日午後的無聊對話。大概是太熱，兩人鬥志低迷，最後結束在「生小孩如同中國哲學的特質，是實踐的而非想像推理言說的」，我邊抹汗邊說，既然是實踐的，廢話少說。高空過招到最後往往變成意氣，不會有實質效果，省點電話費吧。

妹妹就曾在國際電話裡毫不留情說，沒有小孩中年必定後悔，老年必受孤獨之苦。嚇我一跳，這棒喝聽來像詛咒，我一連重複了好多次不知所云的「不可兒戲」。本意要說那咒語太沉重，千萬別隨便說，靈驗了可不好玩。後來一想，這四字豈不正是我的心情？

不可拿生小孩當遊戲。不可兒戲。

我就是太把小孩當一回事，才蹉跎猶豫。一眨眼朋友的小孩上幼稚園，再眨眼變國小生。凡事不想不成，想多了更不成。兩個妹妹結婚沒多久意外懷孕，當年她們都很無奈的說，還沒玩夠就要當媽。我非常介意「沒玩夠」，前車之鑑哪，牢牢記在心裡。這一玩就玩了九年，仍然意猶未盡。

假設小孩出生才發現沒那麼好玩，他又不讓我自由的玩，可真是後悔莫及。廣東人數落小孩最毒辣無情的說法是：生塊叉燒好過生你。我認為那真是最悲哀無望的告解，壞的叉燒扔掉就是，小孩呢？

所以，等我無聊死了才生小孩。玩夠玩膩，等這世界了無新義，沒甚麼好玩再說。等再也找不到更新鮮的事，就生小孩去。只是，那時恐怕也生不出來了。不是早就知道的嗎？不可拿生小孩當遊戲。不，可，兒，戲。

天生的母親

有的女人天生是要當母親的，我媽就是。她是一個太稱職的母親，以致一身病痛。稱職是指不管內心願不願意、高不高興成為七個小孩的媽，至少表面上看起來合適守分，把母親這職責做得盡責盡力，且不發惡言。我媽不發牢騷的美德令我佩服，照顧七個小孩和一個易怒的大孩子，我是說我爸，到底有多疲憊是否曾經想逃，這輩子我無法體會，也一點都不想體會。我對生命的想像，完全以我媽當反面示範，早在國小，就暗暗下定決心，以後絕對不過那種生活。我要成為跟我媽完全不同的女人。

那現在呢?那決絕的想法可以稍為修正成「我要成為跟我媽完全不同的女人，除了脾氣」。我媽的生命形態是在生下我後，就大致底定了，此後發生的事，都只是小小的波瀾和漣漪，不會改變生命之河的流向。二十歲時就預知了一輩子的事，是多麼穩定沒有變化的人生。沒有變化乏不乏味？我媽也許覺得不。即使會，也來不及了。更年期時那些折磨人的病痛，是她所積壓的疲累反撲。反覆發作的關節炎、頭痛、鼻子過敏、聽力受損，大大小小腐蝕生命的痛，都拜孩子所賜。

這讓我更警惕。我這具縫補中的破皮囊，大概禁不起大撕裂。那撕裂既是身體的，也是心理的。我總以為生孩子就像是筆直的路，突然一分為二岔了出去。生命的裂變屬於大勇，是我所缺。完全無法想像每天睜開眼睛，第一要事餵飽嗷嗷待哺的嘴。讀書寫稿一心二用。身上連著一個完全仰賴自己的生命，小東西變成主宰，我是傀儡，一舉一動皆受牽制。況且我最無法忍受小孩哭鬧。還有，不許後悔，不許說早知如此……。

光憑想像，後腦勺和肩頸就開始刺痛。

在臺灣十幾年，跟家族的聯繫微弱，幾乎等於長期處在沒有家人的狀態下生活，自我建構於是更加完整牢固，也愈不易改變。養小孩不是天賦，那是一套複雜的哲學，高深的藝術。我似乎沒有這天賦異稟。沒耐性沒定性，我得先除掉這兩根骨刺才有條件生養。

直到現在，我媽的舞臺仍是廚房，一輩子就此典當。究竟她在廚房找到甚麼樂子？巨蟹座的我媽擁有最令人好奇、不解的兒女經，我妹妹的小孩還讓她帶，帶了一個又一個。做了一輩子瑣碎又沒成就感的家事，難道還能挖掘出蛛絲樂趣？一回我試探性地問，媽你覺得做家事有甚麼好玩？她很疑惑而認真的想了許久，反問，我不做誰做？

這答案最符合我媽個性，也是我最不與她相似之處。她認命，我一點也不。她把銳角磨掉，我用銳角橫行。我很高興終於成為跟我媽不同的女人。

世間母親倒不一定像我媽那麼認命。去年剛畢業的學生在教師節寄了一張卡片和一封信來。信的後半段是這麼說的：「楊媽媽，就是家母，叫老師別生小孩，萬一生出幾個小渾蛋就沒救了。」我想起學生說話的慢速度和冷表情，笑得打呃，也更加佩服我媽。

我的貓也是

貓形同我的小孩，貓也讓我深深體悟何謂「禍從口出」。

那次是一位新科媽媽喋喋不休談論不滿六個月的兒子。她陶醉的說，兒子黏人黏得，嘖！簡直分秒不能離，懷胎時二而一的緊密相依彷彿還在。兒子凝視她的眼神熟悉一如前世情人，常讓她觸電般感動；兒子對母親百分百信任兒子的味道兒子眨眼兒子踢腿，啊！每一個動作每一個表情……。我努力在腦海捕捉弟弟襁褓時的模樣。徒然的捕風捉影，二十二年前的記憶早已隨風。可是，有了！小女生！她兒子的行為我們家小女生也有，小女生的表情常讓我感動不已，小女生的貓味十分獨特，小女生睡覺時會說夢話踢腿……於是我脫口而出，我的貓也是。

馬上我就知道接錯話了。她光采照人的臉黯下去，我尚未回過神，便聽到不太自然又想裝作若無其事的回答，貓可是畜牲耶，怎麼跟小孩比哪？聲音裡隱藏著壓抑的怒氣。可想而知我的尷尬，頭上宛如給硬饅頭狠狠敲一記，不會受傷，卻難堪得不知如何應答，於是狼狽的草草結束沒有交集的閒談。

後來我便學乖，嗯嗯啊啊表示同意，反正只要不說「我的貓也是」就沒事，雖然想不通為何貓不能與嬰兒同論，半夜把大人哭醒的嬰兒哪裡好玩。養大一個小孩聽說要花一千萬，養隻貓，硬編給牠十萬經費，用上十年吧，恐怕牠還得把多餘的錢拿去救助流浪動物，做點慈善事業才行。

新科媽媽們母愛洋溢，每個母親都相信自己的小孩獨一無二，有時我說誰誰的小孩也是這樣，立刻有人抗議。到我這個年紀，周遭女性幾乎每人一本媽媽經，男性則是叫我起雞皮疙瘩的爸爸經，我唸的貓經沒人理解，橫在我們之間的代溝誰也跨不過去。曾經表示自己六個月大會叫爸爸，馬上有狐疑的眼神質疑我的記憶。我媽說的。沒人相信。奇怪，我媽生了七個小孩她說的不算，只有你這個當媽的說了才算？總而言之，關於小孩的話題，我得提醒自己處在下風，要嘛就別接話！

有人好心勸導，懷孕時貓要送走，貓毛對母親和胎兒都不好。我卻不能以牙還牙的反駁人家把小孩送走，小孩與貓在世俗天秤上的重量畢竟雲泥。我不敢侮蔑這些心肝寶貝。

去年秋天小女生仙逝。我常常對著牠的骨灰罈發呆，想著死亡事件的象徵意義，不免兜到生小孩這檔事。才九歲半小女生就走了，究竟牠要提醒我甚麼？生個小孩接替牠的位置？親戚朋友們暗示明示甚至強烈建議，養個人吧別再養貓了，弦外之音彷彿是，小女生選在我尚未變成高齡產婦前提早走，以死明志，希望我別辜負牠的好意。我不喜歡這樣的宿命解讀，小女生獨特的地位無可取代。以我對小女生的理解，牠不會蠢到用如此非常手段，又與世人一般見識。

我們家原來只掛著一張前年拍的「七年之癢」婚紗照，最近，落地窗、餐桌和沙發旁的書架新增三張小女生的玉照，很有掌上明珠備受寵愛的況味。生小孩，再說吧！

兒語恐懼症

我得了「兒語恐懼症」。這不是醫學名詞，是我杜撰的。恐懼症始於何時，也早已忘記。這事有點兒病態，我反問過自己，人家父母跟小嬰兒或小小孩講著親暱的童言童語，哪裡招我惹我了？就像跟貓瘋言瘋語，說甚麼你真俊長得好清秀體格很棒之類的，人家可沒杜撰個「貓語恐懼症」給我，說：拜託你別再說噁心的貓語，我要吐了。

所以我願意承認這確實有點兒病態。小時候爸媽必然也是這樣跟我溝通的吧？那被驅逐的史前記憶，屬於某種特定族群的共同語言，如今莫名的變成我的恐懼。很不幸的是，使用這語言的族群不是少數。居住的社區生命力旺盛，媽媽跟孩子有說不盡的兒語；到大賣場購物，耳邊總有酥軟的音節綿綿不絕；最可怕的是回家。同一個屋簷下，我媽和妹妹們熟練的操作那套史前語言，轟得我逃無可逃。從前在馬來西亞，老師總誇我有語言天分。老師誇錯了，大家都能純熟使用的兒語徹底打敗我，這套看似簡單卻極為深奧的語系絕對是我此生最大的難題。

很多人一旦面對小孩，便自動轉換語言和語氣。成人怎麼知道小孩非得使用那種詞彙和語調說話？還不是成人的自以為是？我們想像小孩的智商沒大人高，所以得用另一種方式表達，真是瞧不起我們的下一代。最大的問題出在，兒語本是小小孩的語言，從大人嘴裡說出起來就做作，就，嗯！那個（這樣說很欠扁，我怕被天下父母圍毆）。

沒聽說新科媽媽要學甚麼兒語，彷彿那是與生俱來的本能，非常不可思議。有一回我問很熟的朋友（我很確定她不會扁我），你年紀這麼大了還說那種話，不覺得有點××？（第一個×是「白」）。她很無奈的說，大家都這樣子呀！我也覺得××，但有甚麼辨法呢？所以生小孩要趁早，二十歲的媽媽說兒語幼稚得來還算可愛，我們這把年紀就可笑了。

果然問題出在我身上。每一次闔家大團圓，就是我的災難時光。有一次聽了快兩個小時，我實在忍無可忍跟妹妹討饒：「求求你們別再說了，我一輩子的雞皮疙瘩都要掉光啦。」

面對可愛的小外甥，我簡直像個外星人，嚴重的溝通不良。比手畫腳也行不通，我只好努力微笑表示善意。因此每次回家行李都塞滿玩具。這招最管用。經驗告訴我，收買小孩子最有效的方式不是跟他說同一國語言，給他玩具，一切搞定，他永遠記得有個大姨在臺灣。儘管他早忘了大姨的模樣，不明白臺灣是甚麼。

上個星期到中醫診所去，有個年輕媽媽要針灸，小孩得託人抱。我不知哪根筋不對，竟然自告奮勇。左後腦插了七針的我，抱著四個月的「大」小孩在診所忽坐忽走，如此過了半小時。那麼大的一個小孩才四個月，令我驚為天人。他在我懷裡既不吵也不鬧，只要對他眨個眼笑一笑，立刻張嘴報我以快樂的咯咯咯大笑，完全不必動用那套難以啟齒的兒語。推拿師傅說，這小孩喜歡你。我感動極了，差點脫口而出：我也來生一個玩玩。這事進一步證明：兒語根本是大人的編派。生小孩可以重新認識自己，再活一次的鬼話，也都是有了小孩的大人編來安慰自己的藉口。

害怕失寵

學生之間流竄著一則公開的祕密：老師不生小孩，是怕失寵。聽來我丈夫三妻四妾似的，他頗得意我則很沒面子。這祕密成為新聞傳回我耳裡，大笑之餘，不由得懊悔當初失言。那時還有興致為不生小孩找藉口，常常編派不同理由自我消遣，有一天靈感乍現，編了這個爛藉口。傳呀傳，似是而非倒成了事實，我懶得辯解，就這麼學姊傳學妹，從第一屆畢業生傳到第五屆。

詫異的是，後來連自己竟也漸漸相信了。不生小孩，是怕失寵。可想而知，女性主義信徒要如何鄙夷這妾妃心態。這積非成是的想法每每招來自我批判，覺得很沒出息，腦海總要出現敗架的狗夾尾而逃的窩囊樣。生出來的小孩奪愛？母親和小孩爭寵，甚麼感覺？可能嗎？

歷經幾年的艱難尋覓，後來慢慢清楚那是童年時代種下的老大情結，成長經驗投射出的不倫類比。上帝交代的這門終生功課，非常難寫。未上國小，底下已經有了四個階梯似的妹妹，父母視我為「小」大人。童年潦草結束，被迫長大的早熟，令人充滿不安全感，非常害怕失去。生小孩這事重新喚回那朦朧而熟悉的焦慮，我無法預知成為母親將會失去甚麼；看似安穩的現狀，究竟會遭受甚麼壞毀。

上帝有沒有給妹妹出這道習題我沒問，倒是她們以行動給了我答案。暑假回家又見到一個「新的」小外甥，剛滿月。這次是五妹的老二。妹妹多的好處是，隨時有新生命降生，予我們家「生」機盎然的感覺。她們一個個前仆後繼努力生，頗得母親能生會養之風，想必母親十分安慰。

閒聊時幾個聒噪的女人比賽誰生小孩速度快，從進產房到小孩出生，四妹拔得頭籌。速度是一小時。陣痛開始時是凌晨四點多，她很鎮定，先吃一頓 roti cenai（印度薄餅），飽食後體力大增，如有神助。六點整，賓果！又多一個。我這插不上嘴的旁聽生最後只能貢獻觀察心得：要生得快，得吃 roti cenai。

聊天時五妹老是把小嬰兒抱懷裡。她說如此小孩長大才有自信心和安全感。這句話又勾起我的疑慮。母親生我時年方二十，大概只能顧及小孩的安全管不著安全感。一年半後接著生大妹，再一年半又生三妹，排行前面的五個女兒一年一個。上帝如果要給我母親寫評語，非這四字莫屬：勇氣可嘉。年輕的她可能對生命也充滿疑惑，哪來多餘的精力去顧及小孩的心理成長？安全感的幽微問題純屬個案，妹妹們大概沒「失寵」的顧慮。這問題委實難以啟齒，何況妹妹們個個練就一條辣狠準的毒舌，我怕答案沒要到，反被她們虧死，只好把疑慮悶心裡。

然而，失寵之說屬實嗎？我很認真的思索著。最根本的關鍵在於對現狀的依戀，未知狀態的恐懼。往好處想，也可能如楊絳般好命，有個長大後把媽媽當小孩的女兒呢。《我們仨》最令我感動的，竟是母女之情可以翻轉。

小孩未生出之前，所有的假設都只是假設。害怕失寵也許是令人無法反駁的爛理由，好藉口。誰能預料失寵的女人會做出甚麼可怕的事？嘿！這句話用來恐嚇為夫的也挺好。

賭一把

有些事只能做不能想。思慮愈周密愈猶豫，愈瞻前顧後愈蹉跎下去，譬如結婚，譬如，生小孩。

這兩件人生大事，在我身上出現極大落差，彷彿是兩個人做的事。兩件事似兩面照妖鏡，映照我的本來面目，也顯影性格盲點。

婚姻是場豪賭。我這豪氣的賭徒當年把青春生命當賭注，想都沒想就押了下去。二十五歲，碩一，懵懂的成了已婚人士。永遠忘不了第一次別人稱呼我「陳太太」時，彆扭而駭異的複雜心情。原來我對「太太」這新的身分很拒抗，心底仍然幻想著「小姐」可能獲得的特權和寵愛。九年過去，我對「陳太太」始終無動於衷，以為叫的是別人與我無關。當年那孤注一擲的豪情，現在的我可是十分佩服。比較起來，對外宣稱「評估中」的生小孩這大件事，我的態度謹慎猶豫得近乎畏首畏尾。當年賭一把的豪情簡直就像另一個人做的事。那魯莽的年輕，初生之犢的大無畏，早消失得無影蹤。

學生最愛追問我的早婚原因，她們認為我實在太不像那類對婚姻有美好想像的人。問煩了我便掰個很不浪漫的理由：省錢啊！兩個人住一起，省，房，租。一字一字說得清清楚楚。通常學生不死心且不相信，總是在臉上打滿問號，就這樣而已呀？無言的我聳聳肩，就這麼一回事，沒甚麼好說。

我確實是個很不浪漫的人，極為實際，無法想像小孩之樂。是的，想像。我以為那是小孩莫名降生的要因。想像一個擷取夫妻優點的小孩，結合父母長相的小天使，愛的結晶。想像老來有子女可依恃，想像，天倫之樂。這些我全不信。出生時上帝若非打盹，便是存心整我。父母親的優點平均分派給底下的弟妹，壞的給我，連樣貌也與勢同水火的大姑相似，最令人無法服氣。倘若他們預知老大將集二人缺點之大成，必不想生我。我又哪來的勇氣「想像」小孩？生個跟我一模一樣的整人精？天，饒了我吧！

其實我挺愛玩別人的小孩。玩了送還他父母，快樂得很，全不必理會把屎把尿，買奶粉看醫生的惱人現實。曾經開車到新竹去看朋友的小女兒。八個月大的小小孩不要媽媽卻纏著我們，抱在手裡總也不肯下來，標準的黏人精。朋友原以為她女兒表現良好，會激起我的母性，卻沒想到這次經驗只是令我興起當乾媽，過過乾癮也不錯的念頭。我竟完全沒有當媽需要的那點瘋狂和衝動。

說穿了，所謂的天倫，是張令人畏懼的終生契約，無法更改的固定關係。像我這樣悲觀之人總往壞處想，愈想愈拙於行動，終於變成光說不練。聽過太多孕婦的抱怨：臉上長斑、身材走樣、產後憂鬱、腰痠，月子沒坐好原先就差的健康變得更糟。有人無法接受身邊多了一個要全天伺候的小東西，焦慮得對著無知的新生命掉淚……接下來，是漫長的養育和成長。我想起自己艱難的青春期，父親的暴怒和母親的眼淚。我們共有一段想遺忘的過去。該不會現世報，那橋段如實輪迴在我身上吧！

最根本的恐懼來自詭異的神祕遺傳。這些年來，家族史上綿延四代的疾病和瘋狂，令我對生育非常遲疑。跟上帝賭這把只許贏。我還沒有足夠的勇氣和把握。讓我再想想。

鍾怡雯作品集 8

飄浮書房（增訂新版）

作者	鍾怡雯
創辦人	蔡文甫
發行人	蔡澤玉
出版發行	九歌出版社有限公司 臺北市105八德路3段12巷57弄40號 電話／02-25776564・傳真／02-25789205 郵政劃撥／0112295-1
九歌文學網	www.chiuko.com.tw
印刷	晨捷印製股份有限公司
法律顧問	龍躍天律師・蕭雄淋律師・董安丹律師
初版	2005年 1月10日
增訂新版	2017年 12月
定價	250元

書號　0110508
ISBN　978-986-450-156-4

國家圖書館出版品預行編目資料

飄浮書房 /鍾怡雯. -- 增訂新版.--
臺北市：九歌, 2017.12
208面 ；14.8×21公分. --（鍾怡雯作品集；8）

ISBN 978-986-450-156-4（平裝）

855　　　　　　106019060